CB
CHARADE BUNKO

Illustration

高峰顕

CONTENTS

プロローグ

「僕にはもう、きみしかいない」

つい本音を漏らしてしまった澤井凛太郎(さわいりんたろう)だが、かまわないと思った。これ以上、失うものはなかったからだ。

それでも、相手の目を見る勇気はさすがになくて、視線を逸(そ)らした。

一歳年上の幼なじみの鳴海蒼士(なるみそうし)は互いの父方の祖父同士が親友で、家族ぐるみのつきあいだった。物心がついて以来、大抵一緒にいる間柄だ。

凛太郎の部屋のソファに並んで座った鳴海の探るような眼差(まなざ)しを横顔に感じた。

あえて見つめ返さずにいたら、淡々とした低い声が返る。

「長谷川(はせがわ)さんとか、うちの親父(おやじ)とか、信頼できる人はいるだろう」

「そうだけど…」

長谷川貞純(さだずみ)は凛太郎の家の執事を務める二十九歳の青年だ。

執事のほかに、実家は使用人も多く雇っている。

元々旧家の澤井家に、長谷川家は代々、執事として仕えてきた家系と聞く。主人にひたすら忠実で、有能な長谷川のことは信用しているが、鳴海に対する想(おも)いとは全然違った。

軽蔑されたくなくて平静を装ってきたけれど、ごまかしつづけるのもいい加減に嫌気が差してきた。

わかってもらえないことも、知られたくない想いとは裏腹にじれったい。

抑え込んできた感情を、これ以上は止められず打ち明ける。

「僕は、蒼士が好きなんだよ」

「長いつきあいだ。そんなことは、とうの昔から知ってる」

「キスとか、それ以上をきみにされたいと思う『好き』でも？」

「!?」

「知らなかっただろ。ゲイなんだよ、僕」

「……リン」

鳴海以外には呼ばせない愛称で呼ばれるたび、せつなさに胸が疼いた。

片想いが一年を超えて間もない三ヶ月前、凛太郎の両親が自動車事故で亡くなった。父母を喪って悲しみに暮れる自分をよそに、遺産相続で親族と揉めた。

凛太郎の実家は、製薬業の傍ら、バイオ事業に力を入れた澤井ホールディングスだ。

父親の代で急成長した新興企業で、現在は国内外で複数の会社を傘下に持つグループ企業として世界的大企業に数えられる。

家柄の都合上、営利目的の誘拐もありうる凛太郎も護身術を身につけるよう、幼い頃から複数の武道を習っている鳴海に勧められたが、三日と持たなかった。

運動音痴の運動嫌いでやる気ゼロの自分に呆れつつも、彼は護衛を買って出た。

昔から正義感が強く、面倒見もよかったせいかもしれない。

甘やかされがちな家庭環境の中、鳴海は自分を特別扱いしなかった。きちんと叱ってくれるのも、彼だけだ。

ひとりっ子の凛太郎にとっては、兄弟みたいな存在といえた。

それがいつしか、自分だけを見ていてほしいという独占欲が芽生えて戸惑った。その気持ちが恋愛感情に似ているのではと気づいたときは、かなりうろたえた。

異性よりも同性に関心があるなんて、信じられなかった。

性的指向が周囲と違うのが怖かったのだ。勘違いと自らに言い聞かせて、深く考えるのはやめた。その反動なのか、鳴海への想いは密かにこじれていった。

悩んだ末に、あきらめて自分の性的指向はゲイと認めた。彼に対する恋心も自覚したが、沈黙を選んだ。鳴海に知られて嫌われるよりも、はるかにましなせいだ。

それでも、想いは不安定に日々揺れた。

突然すぎる両親の死と親族間のトラブルで精神的に参ったときも、彼がそばにいた。

料理の腕をふるってくれる機会が格段に増えたのも、この前後の時期だ。食べることが好きな自分への心遣いには、本当に慰められた。

両親の通夜と葬式、親族と揉めた当日もそうだった。

「すごい。菓子までつくれるんだ。しかも、モンブラン！」

「おまえの好物だからな」

この世で一番大好きな食べ物はなにかと質問されたら、凛太郎は迷わずモンブランと答える。四歳の頃に初めて食べて、その美味しさに衝撃を受けて以来、十六歳になった今もずっと好きだ。

鳴海が魅惑のスイーツもつくることができるなんてと驚いた。

小学校六年生の時点で趣味は料理と聞いていたが、これほどの腕前とは思っていなかった。なにより、大好物のモンブランをつくってきてくれて心が和んだ。

「おまけに、美味しい。あの最高の『ル・クレール』の味に近いし」

「褒めすぎだ。あんな名店には、さすがにかなわない」

「本当だってば。僕の舌を信じて」

「そこまで喜んでもらえると、つくり甲斐があるな」

「とにかく美味しいよ。すごく、とっても…」

「そうか。まだあるから、好きなだけ食え」

「…うん」

「あのな、リン。こんなときくらい、我慢しないで泣いていい」

自分以外には誰もいないと言って、鳴海が背中を向けた。泣く姿を見ずにいるという意思が明確に伝わり、その優しさにも泣けた。

泣きながら食べたモンブランは美味しくて、忘れられない味になった。

それから三ヶ月後の今、とうとう告白してしまった。

凛太郎の想いを聞いてゆっくりと息を吐いた鳴海に密かに落ち込みながら、座っているソファの隣に視線を向ける。

想像していたような嫌悪感は、端整な顔に窺えなかった。けれど、驚きと困惑がまざった表情は見て取れる。

いたたまれずに目を伏せるよりも早く、彼が口を開く。

「好意を持ってくれるのはうれしいが、落ち着け」

「まさか、僕の正気を疑う気？」

「そうじゃないが、ご両親や家のことで精神的に不安定なのは確かだ」

「親の話なんか持ち出さないで、気持ち悪いならハッキリ言えばいい」

「おい、待て。ひとりで完結するな！」

言うだけ言って、ソファから立ち上がりかけた凛太郎の手首が強く摑まれた。

振り払おうとしたが叶わず、再び座らされる。唇を軽く嚙みしめて、間近にいる鳴海を睨むように見据えた。

やはり、告白なんかしなければよかったと後悔しても遅かった。

開き直りというか、完全にふてくされた態度で黙り込んだ凛太郎に、彼が苦笑を湛えてつづける。

「断っておくが、気持ち悪くなんかない」

「気休めはいらない」

「本気だ。いいから、とにかく聞け」

「……わかった」

さらに間を詰めてこられて、渋々うなずいた。

精悍で理知的に整った容貌の大好きな鳴海が、ひと息ついて言う。

「精神的に不安的になってるときに、デリケートで大事な話の結論は出すなってことを、俺は言いたかっただけだ」

「同性からの告白が嫌だったんじゃなくて？」

「今どき、珍しいことじゃない」

なんでもないことのように言った鳴海をジッと見て、ふと納得した。

これまでは気づかないふりをしてきたけれど、ここにきて確信を持つ。彼が異性に人気なのは知っていたが、同性にもモテているのだ。

告白されてもすべて断り、鳴海一途できた凛太郎と違い、彼は誰かとつきあっていたふしがある。

話が逸れたが、鳴海の最初の言葉を思い出した。デリケートで大事な話の結論を慌てて出すなというのは間違っている。

答えはとっくに出ていたと、あらためて言い募る。

「僕は、去年には自覚してたきみへの想いを隠してきた。不本意だろうけど、蒼士が好きなんだ」

「そうか…」

返事をされる前に逃げ出したかったが、どうせふられるなら、さっさとけりをつけたい一心で耐えた。永遠にも思える数秒間、胸が破れそうな勢いで鼓動が激しくなる。

もうだめだと顔を上げた先に、意外にも穏やかな表情が見えた。拍子抜けした凛太郎の髪に手が伸びてくる。

どうすればいいかわからずにいると、彼が微笑(ほほえ)んだ。

「人のことは言えないが、おまえも案外、隠し事が得意だな」

「……え？」

「しかも、先を越されるとは。ずいぶん時間をむだにした」

「蒼士、なにを…!?」

「俺もおまえが好きだった。二年前からな。想ってた期間の長さでいくと、俺の勝ちだ」

気がつかなかったかと、悪戯(いたずら)っぽく告げられた。ついでに、ゲイだとカミングアウトもされて呆然(ぼうぜん)となる。

予想外の展開に思考がついていけずにいる凜太郎の肩に、力強い腕が回ってきた。

ようやく実感がわいてきた頃、甘く低い声で囁(ささや)かれる。

「やっと、おまえを俺のものにできる」

「きみが僕のものになったんだ。それと、想いの深さでは僕の勝ちだから」

「負けず嫌いは相変わらずか」

「なんとでも」

気を取り直して自分からも力いっぱいしがみつき、両想いの余韻に浸った。

間近にある黒い双眸(そうぼう)に、自分が映っているのをうっとりと眺める。どちらからともなくキスし、その夜に身体(からだ)もつなげた。

初めての行為は、想像よりも痛くなかった。鳴海がかなり慣れていたおかげなのだが、そうなった理由を考えて複雑な心境になり、嫉妬で拗(す)ねまくったのも思い出だ。

晴れて恋人になって四年後、鳴海は高校を出て二年間、料理専門学校に通ったあと、フレンチシェフの見習いとして都内の外資系ホテルに勤めていた。

料理の勉強と修業を、さらに本場でしたいと思い始めたらしい。

海外留学も視野に入れていると知り、遠距離恋愛を覚悟した。

　凛太郎の二十一歳の誕生日を翌月に控えた八月、フランス留学の話を切り出された。予想を上回る留学期間に愕然(がくぜん)となる。

「五年もパリに⁉」

「二年は料理と製菓学校に行って、あとの三年はどこかの店で働きながら修業だ」

「それにしたって長いし。しかも、一時帰国なしとか、ありえない」

「おまえと直接会ったら、帰りたくなる」

「じゃあ、僕がパリに行く」

「だめだ。気が散って修業にならない。もっと美味(うま)いものを、おまえに食わせてやれるようになるためだ。楽しみにしておけ」

　自分のためでもあると言われたら、強硬に反対しづらかった。毎日、メールと電話をすると宥(なだ)められる。

　嫌々ながらもあきらめたが、凛太郎はとある計画を思いついた。

　長谷川に協力してもらい、水面下で着々と実行する。

　やがて迫った出発の前夜、夜食タイムのときに全貌を明かした。

「蒼士、これ。開けてみて」

「鍵？　……なんとも嫌な予感がするが」

「パリの十六区にアパルトマンを買ったんだ」

ソファの背に深くもたれた彼が、鍵を片手に低く唸(うな)った。

そばにある二の腕あたりを失礼なと小突き、素敵な予感の間違いと訂正して、にこやかに告げる。

「きみが借りてた部屋は引き払って、そっちに荷物も届く手配をしたから、留学中はここに住むといい。学校にも近いはずだよ。ニースに別荘はあるけど、パリにもあっていいかなと思ってね」

「…やらかしてくれたな」

「よかったら、ニースにも遊びにいってクルーザーに乗ってよ。この際だから、ついでに新船に買い替えたから」

「ついでにしては、デカい買い物ばかりしやがって」

「そんなことはないよ。小さいのも買ったから、こっちも受け取って」

「……まだあるのか」

どこか脱力ぎみの鳴海に、今度は別の包みを手渡す。

ラッピングをほどき、小ぶりの箱から取り出したものを見た彼が呻(うめ)いた。

ホワイトゴールドの土台に、凛太郎の『凛』の字をメレダイヤでかたどってパヴェセッティングで埋め込んだ、オリジナルの特製スマートフォンケースをつけたスマートフォンが中身だ。

天を仰いで溜め息をついた恋人に、ローテーブル上にあるティーカップを持って紅茶を一口飲んで言う。

「僕だと思って、肌身離さずにね。そのスマホの手続き関係はすませてあるから」

「至れり尽くせりが怖いな」

苦笑まじりに呟かれたが、聞こえないふりをした。

相思相愛になって以降、鳴海にだけは甘えてわがままを言うようになっている。親族との一件で、表向きは笑顔で取りつくろって本音を口にしなくなった。

「留学中は断腸の思いで、ネット電話とメールで我慢するよ」

「そうか。それにしても、部屋といい、クルーザーといい、スマホケースといい、餞別にしては盛大にむだ遣いしたな」

「どこが？」

困ったやつだと言いたげに眉をひそめられて、凛太郎は首をかしげた。

金遣いについて日頃から注意を受けていたが、一般的な金銭感覚との違いは無自覚だった。むしろ、今回のプレゼントは予定よりも格段に費用を抑えている。

とことん不思議そうな顔つきで、鳴海に事実を伝える。

「部屋とクルーザーは、当初の予算をかなり下回ってたけど？」

「予算自体が恐ろしげな金額の気がするんで、聞かずにおく。ちなみに、家賃は…」

「いらない。かわりに、こまめな連絡がほしい」

「わかった」

「スマホケースも、ゴールドにするより正直、だいぶ安くついたのに。防犯面も考えて、ホワイトゴールドにマット加工もしたから大丈夫だろうし」

「方法は斬新で大胆すぎるが、たしかに目立ちにくくはなってる」

クルーザーはともかく、部屋のほうは、ありがとうと礼を言われた。

きれいに使わせてもらうし、さらに気合いを入れて勉強と修業に励むと鳴海が微笑む。けれど、明日から五年も会えなくなるのだ。

引き止められないとわかっていたが、寂しくて彼の首に両腕を回した。視線を絡めて、忙しく唇を合わせる。キスの合間に、弾んだ吐息で凛太郎が囁く。

「会えない間に、欲求不満でどうにかなるかも」

「つまり、今夜、五年分やれと？」

「やれるものなら」

挑戦的な微笑を浮かべた凛太郎の身体が軽々と横抱きにされた。

隣室のベッドに二人で縺れるように倒れ込み、キスを再開する。

吐息を奪い合いながら鳴海のシャツを脱がせる寸前、凛太郎はいきなりガクンと激しい揺れを感じた。

「!?」

地震かと咄嗟に身構えた次の瞬間、鳴海の姿が目の前から忽然と消えていた。

何事だと思ったのも一瞬で、凛太郎の視界に革張りのソファの肘掛けが入る。

おもむろに視線をめぐらせると、見慣れた部屋の景色があった。

大きなパソコンデスクに座り心地のよい椅子、デスク上には大型モニターとキーボード、サイドテーブルにプリンターが置かれている。

それら以外にも、十台ほどのモニターや必要な最新機材が並ぶ様は、あまり普通ではないだろう。

巨大カジノの監視室とか、トレーダーの個室を思わせるかもしれないが、公私ともにコンピュータを駆使する生活の凛太郎には不可欠なものばかりだ。

「……夢か。いいところだったのに」

もったいないとぼやいて、前髪をかき上げる。

昔の夢を見ていたけれど、わりと記憶を正確になぞった内容だった。

どうやら、自宅でリモートワークを終えたあと、夕食前にひと休みしようとソファでくつろぐうちに眠ってしまったらしい。

仕事といっても、家業とはいっさい関係なかった。

都内の私立大学を卒業して三年が経(た)つが、凛太郎は国内有数のＩＴ企業のシステムインティグレーション部門にＩＴコンサルタントとして勤めていた。

子供の頃からのコンピュータ好きが高じた結果だ。

鳴海がやっていたプログラミングの勉強や実践をそばで見ていて興味を持ち、自分のほうがはまった。

それ以来、独学でいろんなことを身につけてきた。

そのＩＴ関連スキルの高さを活(い)かし、素性(すじょう)を伏せて入社試験をきちんと受けて採用され、就職した。

顧問弁護士の勧めで、実家の会社にも一応は籍を置いている。

実は澤井ホールディングスのＣＥＯだが、トップとしての顔出しはＮＧだ。個人情報も非公開なので、ごく一部の役員にしか顔は知られていない。

仮に、書面等を調べられても、同姓同名と思われる確率が高かった。

澤井家の後継者の凛太郎が経営の指揮をとっていると見せかけて、実質的には忠実な側近で執事の長谷川と、信頼の置ける数名の部下に任せていた。

おかげで、好きな仕事ができる日々だ。

会社勤めといっても職種の特性上、パソコンがあってインターネットの環境さえ整っていれば業務にほぼ支障はないため、基本的にリモートワークが中心だった。

オフィスへは月に一、二回出勤する程度だ。会議や打ち合わせも含めて、仕事は自宅ですることが多い。

ちなみに、ITコンサルタントというのは、比較的新しい職種だ。

企業をはじめ、ときには国の施策や官公庁のIT戦略の企画から、セキュリティ対策や強化、システムの見直し、新たなシステムの提案、そのシステムの最も効率的な運用や動作検証など、業務は多岐にわたる。

組織のトップが抱える課題を解決に導くために、どんなシステムを導入すればいいかを具体的に示すことが主な仕事内容といえる。

提示して採用されたプロジェクトを統括し、システムエンジニアやプログラマーといった必要な人材を集めてのチームづくり、全体の進行やクオリティの管理も重要な業務だ。

大勢の人がかかわるので、コミュニケーション能力やスタッフをまとめるリーダーシップも欠かせなかった。

それ以外にも、他者の話を正確に摑める理解力、自分の意思を相手に伝えて納得させるプレゼンテーション能力、ふさわしい企画を思いつける論理的思考力も持ち合わせていたほうがいい。

実務的には、経営学や法律に関する知識も不可欠だ。

もちろん、IT分野の幅広い知見とスキルも求められる。

そのすべてが自分にあるとは思わないが、就職して以来、経営陣からはありがたくも高い評価を得ていた。

人当たりがよく社交的な凛太郎の一面が、コミュニケーション能力の高さとリンクするかもしれない。

「いてて。……右手がまずいことになってるな」

頬杖（ほおづえ）をついていたせいで、しびれて感覚がなくなっている。

ガクンとした揺れは、支えていた頭部が手からずれたせいだ。ジンジンする右手を眺めてひとりごちる。

「まだ、あと一年も会えないとか、ふざけてる」

誰にともなく、遠く離れた恋人への文句を呟いた。

遠距離恋愛状態も四年が経過し、深刻な鳴海不足に陥っている。明日には残りの一年が過ぎていればいいのにと、本気で考える始末だ。

いったん愚痴り始めたら止まらなくなり、これでもかと不満を口にする。

「一時帰国も、僕のフランス行きも禁止なんて、どう考えてもナンセンスだよ。そもそも、あのダダ漏れな魅力を誰かなんとかできないかな。毎回、画面越しに見るたびに、かっこよくなっててどうするっていう話だから。美形な上に、美声なのも反則だし。映像なしの電話だけでも、身悶える僕の身にもなってほしいよ。というか、放置プレイもいい加減にしてよね。もう、とっくに蒼士切れなんだよ。ああ！　やっぱり、約束を破って今すぐにでもストーキングしたい‼」

独り言とは思えない音量で一気に言ったあと、肩で息をついた。

今からでもパリに人材を派遣し、鳴海が暮らす部屋に監視カメラと盗聴器をしかけたい欲求に駆られる。

それで隠し撮りした映像を衛星通信でもなんでもいいからインターネットにつなぎ、二十四時間、リアルタイムで恋人を見放題にするのだ。もちろん、すべてを録画してエンドレスで流しつづける。

ここにあるすべてのモニターに、彼の姿を映し出して観賞したかった。

なんだったら、壁や天井にプロジェクションマッピングでもいい。

「自分が蒼士変態の自覚はあるけど、それがどうした！」

誰にも迷惑はかけていないと胸を張る。おまけに、離れている間に変態度はいっそう進化した。

鳴海限定の変態だし、彼自身も凛太郎のこの性癖は知っているから問題ない。

最近は心底、鳴海が恋しくてたまらなかった。

彼は浮気しないと信じているが、性別を問わずにとにかくモテるのを承知な分、気が気ではない。

パリジャンやパリジェンヌに囲まれて酒池肉林な恋人を妄想し、その脳内画像を問答無用でデリートすること数千回に及ぶ。

時差を気遣った毎日の電話とメールは大歓迎だったが、声と映像だけで、会えないのはやはりつらかった。かといって、強引にパリまで会いにいっても、自らの決意に頑固な鳴海はサプライズを喜ばないだろう。

それがわかっていては行けないし、彼の意思を尊重したい気持ちもあった。

「でも……会いたいんだよ。馬鹿」

今までになく会いたいと願っているせいか、近頃、鳴海の夢をよく見ていた。

しびれが治まってきた右手を軽く振った凛太郎がソファにもたれかかる。

どのくらい寝ていたのかと、すぐそばに置いていたスマートフォンを左手に取って時間を確かめる。

「六時二十三分か」

終業時間が十八時なので、そんなに経っていなかった。

仕事用のパソコンの電源を切ってから、十分ほどだ。

普段であれば、夕食までのフリータイムはインターネットでいろんな情報を収集したり、チャット仲間とやりとりしたり、電子書籍を読んだりする。けれど、ここ数日は鳴海ロスが激しかった。

留学直後以来の重症レベルで、そんな気にもなれずにいる。

仕事をきっちりこなすのが、せいいっぱいだった。

「うんざりだな。三百六十五日も残ってる……って、ん？」

呟いたところに、持っていたスマートフォンが着信を知らせた。

画面を見ると、瀬戸隼斗（せとはやと）と表示されていて電話がかかっている。

凛太郎の大学の後輩で、裏表がなく人懐（ひとなつ）こい性格の瀬戸を、凛太郎は例外的に可愛（かわい）がっていた。

彼は警視庁に勤務し、サイバー犯罪対策課に所属している。

仕事が多忙すぎて専念できないという理由で半年前に辞めたが、凛太郎もＩＴスキルの腕を買われて、瀬戸の部署のテクニカルアドバイザーをやっていた時期があった。

省庁や大企業へのサイバー攻撃の対応、失踪届が出ている人を防犯カメラの映像を解析して追跡するなどの職務内容だ。

今は、どうしてもと頼まれたときだけ、手が空いていたら引き受けていた。

さては依頼かと見当をつけて、断る気満々で電話に出る。

「仕事なら、やらない」

「開口一番それですか、澤井先輩」

朗(ほが)らかな声で『おひさしぶりです』とも言い添えられた。

振り返ってみると、半年ほど前にプライベートで会って食事をしたきりだ。たしかに、そこそこ期間は空いている。

「僕への用事がほかにあるとも思えないからな」

「頼みたい案件はありますけど、違いますよ」

「本当かな」

「はい。しばらく会ってないので、ご機嫌うかがいに連絡してみただけです」

「僕の近況が知りたいと」

「そんなところです」

「まあ、恋人がいなくて、モチベーションは下がるいっぽうだよ」

「超絶に高機能な神レベルの理系脳なのに、恐ろしく恋愛体質ですよね」

「文系理系が関係ある？」

「論理的思考で、恋愛は時間のむだって結論づけそうなイメージです」

「大切な存在がいてこそ、幸福かつ充実した人生が送れる」

「その意外性がまたウケます」

瀬戸の無邪気なストレートすぎる発言は嫌いではなかった。本音を隠した腹黒いタイプより、よほど健全で善良だ。

凛太郎の実家について知っても、『ナマの大富豪を初めて見た』、『通学に黒塗りの送迎車の謎が解けてスッキリ』であっさり片づけた。

インターネット電話で何度か話しているので、鳴海とも面識はある。

鳴海との本当の関係は告げていないが、幼なじみで、今は仕事でパリにいるとは言っていた。海外留学中の恋人がいることもだ。

当然ながら、凛太郎の恋人が鳴海だと、瀬戸は結びつけて考えていない。

「でも、元気そうで安心しました」

「僕の話を聞いてたか、瀬戸？」

「はい。時間的に空腹で不機嫌なんでしょ？」

「微妙に外れてもいないのが、なんとも…」

「体力を使わない頭脳労働でも、すごく腹が減りますよね」

「脳をフル回転させてるせいかな」

「繊細で神経質そうな上品なルックスからは想像できないくらい、食べる量でいくと、澤井先輩は痩せの大食いですけど」

「見た目で判断されても困る」

「おっとりしてそうで、激しく強気ですしね」

「人は見かけによらないものだよ」

「澤井先輩で学ばせてもらいました」

オブラートに包まれていない指摘に苦笑いを漏らす。マイペースなだけで、悪気はゼロだと承知なので気にならなかった。

短く互いの近況を話したあと、彼が会話を切り上げる。

「じゃあ、おれはこれで。また連絡します」

「ああ」

「モチベーションが上がったら、ウチの仕事を受けてくださいね」

「その気になれば」

通話を切ったスマートフォンを見つめて、小さく肩をすくめた。

単なる定期連絡かと息をつき、その場で伸びをする。

最低でも、向こう一年間は依頼を受けないと早々に決めた凛太郎の耳に、軽やかなノックの音が聞こえた。

立ち上がらず、ドアのほうに目線をやって答えを返す。

「誰？」

「長谷川でございます」

「入れ」

「失礼いたします」

ドアが開き、白いシャツに紺色のネクタイを締めたチャコールグレーのスーツ姿の執事が姿を見せた。

もうすぐ四十路（よそじ）を迎える長谷川だが、年齢不詳感が年々増している。

ハーフリムの眼鏡（めがね）をかけた柔和な顔立ちの執事が、背筋をまっすぐに伸ばした姿勢で恭（うやうや）しく告げる。

「旦那様、夕食の準備が整いました」

「わかった」

「お食事の前に、お召し替えなさいますか？」

「そうだな。これは仕事で半日着てたから、気分転換に別の服に着替えようか」

「かしこまりました。手をお貸しいたしましょうか？」

「いや。いったん部屋に戻って着替えたら、すぐに行く」

「では、私はダイニングルームでお待ちいたしております」

「ちなみに、今日はいつもより空腹だ」

「旦那様が充分にご満足いただけるだけのお料理をご用意していますので、ご心配には及びません」

「さすがは、長谷川だな」

どうもというように淡く微笑んだ長谷川にうなずいて、立ち上がった。

彼が開けてくれているドアを通って仕事部屋を出て、絨毯敷きの長い廊下を歩いて同じ二階にある自室に向かう。

代官山にある自宅は地下一階、地上三階建ての洋館で、敷地もかなり広大だった。

衛星写真でも際立つほどの広さの中に遊歩道や温室、噴水、プール、芝生のテラス、コテージ、ヘリポートなどがあった。

凛太郎にとってはただの住み慣れた家だが、近所では有名な豪邸のひとつらしい。

ガレージには車が数台、庭には四季折々に楽しめる花や木々が整然と植えられており、庭師が手入れを怠らない。

庭師の趣向で、植木を使ったアートのような迷路もつくっていた。

一階は高い吹き抜けの玄関ホールに複数の応接間と、パーティなどで人が集まるホール、リビングルーム、ダイニングルーム、遊戯室などがある。

二階は凛太郎の私室と書斎、仕事部屋、両親それぞれが使っていた部屋、ギャラリー、三階はゲストルーム、ジムがわりのトレーニングルーム、ミニシアター、地下はワインセラーや少人数が収容可能な劇場といった具合だ。

凛太郎が把握している分だけでこれなので、実質的にはどれほどの部屋数なのかは知らなかった。

ちなみに、各階の個室にはトイレとバスルームが備えつけられている。

家の内外を抜かりなく管理してくれているのは長谷川だった。彼の自宅は世田谷で、大学卒業後は青山に借りたマンションで一人暮らしだと聞く。

もちろん、泊まり込むこともあり、執事専用の部屋もあった。

凛太郎が成人すると同時に、長谷川はそれまでの『凛太郎様』という呼び方を『旦那様』とあらためた。

澤井家と澤井ホールディングスの正式な後継者として、特に親族を筆頭に周囲へ強く認識させるためだろう。

忠実に仕えてくれる長谷川に応えたくて、凛太郎も大学では経営学を学んだ。

今は好きな仕事をしているが、いつかは家業を継ぐつもりでいた。今も、長谷川や信頼できる部下に任せているとはいえ、決裁や財政面については長谷川の指導の下、目を通している。

いわゆるダブルワーク状態なので、瀬戸の依頼を受けられないのが実情だ。

「別に、僕が手伝わなくても大丈夫なはずだし」

警視庁のサイバー犯罪対策課には、瀬戸をはじめ精鋭がそろっている。

たどり着いた部屋は三十帖ほどのフローリングで、ソファセットとローテーブル、チェスト、本棚、ミニバーの中に小型の冷蔵庫、奥には八帖ほどのウォークインクローゼットもあった。

つづきの間が二十帖の寝室になっていて、キングサイズのベッドとナイトテーブルが置いてある。

プライベートな空間には、パソコンやテレビ類はなかった。

クローゼットに入って選んだ、リネン素材のボトムに着替え、ゆるやかな螺旋を描いた階段を下りて一階に行く。

広々としたダイニングルームの二十人は座れそうなダイニングテーブルの上座に立つと、長谷川が椅子を引いてくれた。

「おかけください、旦那様」

「うん」

「こちらをどうぞ」

「ありがとう」

優雅な仕種で腰を下ろし、手渡された白いナプキンを膝に広げてかけた。

凛太郎の脇に颯爽と控えた長谷川が、すかさずつづける。

「今夜は、フレンチのコースになっております」

「メインは肉も魚も両方とも食べる」

「そのように仰せつかると思い、ワインは赤と白をご用意しました。まずは、食前酒でございますが」

「やっぱり、長谷川に任せておくと安心だ」

「恐縮です」

主人のことを実によくわかっている。ねぎらいの言葉とともに横目で彼を見ると、微かに双眼が細められた。

経験上、この表情はなにか企んでいるときだと気がつく。

凛太郎が指摘するよりも一瞬早く、長谷川が言う。

「スリムでいらっしゃって、食が細そうに見えるにもかかわらず、旦那様が底なし級の胃袋をお持ちなのは承知ですので」

「遠回しに、僕は食い意地が張ってるって指摘してる？」

「とんでもない。食いしんぼうだなと微笑ましく思っている程度です」

「似たり寄ったりな気が…」

「とにかく、人は見かけによらないということです。なにより、旦那様は美食家だと存じております」

「なんとも怪しいな」

「あくまで個人的な見解になりますけれど、なんでも残さず、もりもり召し上がる方を拝見するのは爽快です」

「……ちっとも褒められてる気がしない」

「謙虚な旦那様も大変、尊敬いたしております」

「僕で遊ぶのも大概にな」

「かしこまりました。お料理はつくりたてが一番ですしね」

凛太郎をからかっていたことをあっさり認めた長谷川に眉をひそめた。

生まれたときから自分を知る彼には、いろいろと把握されていてやりづらい。絶対的な信頼とはまた別に、なにかとかなわないのだ。

年は離れているが、兄がいたらこんな感じなのかもしれなかった。

宥めるような眼差しを向けてきた長谷川が口を開く。

「食前酒と前菜が参りました。どうぞ、お召し上がりください」

「…いただこうか」

使用人が運んできたのは、食前酒が入ったグラスと前菜だ。

どんな種類のアルコールもいける口で、わりと強い。

サーモンと色鮮やかな野菜のマリネ、根菜のテリーヌ、ホタテとエビのグラタンと、冷たいものから温かいものが順番に出てくる。

通常は少量のはずが、凜太郎に合わせた量で盛られていた。

早食いではなく、しっかりと味わいながら時間をかけて食べていく。

前菜を食べ終えると、赤と白のボトルワインとワイングラス、スープ皿が三枚載ったワゴンが運ばれてきた。

黒服姿のソムリエが慣れた手つきでコルクを抜いてグラスに注ぎ、ワインの説明をしてから下がっていった。

香りを楽しみ、どちらのワインも口に含んでゆっくりと飲み干す。

「うん。美味しい」

「それはようございました」

「サツマイモのポタージュとコンソメスープとヴィシソワーズも美味しそうだ」

三種類のスープに手をつけ、それぞれに舌鼓を打った。

次は、いよいよメインに突入する。まずは魚料理からで、焼きナスのソースがかけられた舌平目(したびらめ)のポワレ、ローズマリーのソースが香り立つ真鯛(まだい)のロースト、甘鯛(あまだい)のポシェの順に口をつけた。

肉料理は子羊のロティ、牛フィレステーキとフォアグラのグレービーソースかけ、トリュフソースたっぷりの松阪牛(まつさかうし)のコロッケだった。

「このフォアグラは濃厚な味わいで絶品だな。コロッケも肉が大きめにカットされてるからか、食べ応えがあっていい。トリュフの香りもしてるし」

「シェフにお伝えさせていただきます」

「あと…」

メインだけでなく、ほかの料理についても感想を述べた。

その後はパンとチーズが供され、デザートはクレームブリュレ、イチジクとバニラアイスクリームがマッチしたクルスタッドを楽しんだ。

どれもたっぷりの量があったけれど、残さず平らげた。

食後酒のカルヴァドス、最後はコーヒーで締める。いつも美味な食事が出されるが、今夜は特に美味しかった。

食事の間中、気になっていたものの、味つけ自体も違った気がして内心で首をひねる。

コーヒーカップをソーサーに置き、給仕をしてくれていた長谷川に訊ねる。

「もしかして、シェフが替わった？」

「おわかりになるとは、さすがは旦那様です」

「味覚には自信がある」

「無論、存じ上げております。お気に召しませんでしたか？」

「いや。今までのシェフも悪くはなかった。ただ、このシェフの味は…」

「旦那様？」

「ん〜……」

言いよどんだ凛太郎が、どう説明すればいいのか迷った。

計算し尽くされた繊細で複雑な味の中に、なんとなく懐かしさを覚える。その意味がわからなくて戸惑った。

視線で先を促されて、困惑しながら言葉をつむぐ。

「……すごく、しっくりくるっていうか、落ち着く」

「お気に召していただけたようで、なによりでございます」

「たしかに、気に入ったよ。いい人材を選んだな」

「お褒めいただき、光栄です」

「ところで、前任のシェフはどうした？」

「家庭の事情により、昨日をもって退職しました」

「そうか。じゃあ、せっかくだし、新しいシェフに挨拶しておこう」

「かしこまりました。呼んで参りますので、少々お待ちくださいませ」

「急がなくていいから」

「はい」

美味しいものを食べた満足感に浸りながら、長谷川と新任シェフを待った。

ほどなく、ドアが開く音と、二人分の足音が聞こえてくる。視線を向けるより早く、目の前に美しく盛りつけられたモンブランの皿が置かれた。

「モンブランだ！」

思いがけない大好物の出現に、別腹が猛烈に存在感を訴え出す。

小憎らしい演出をするシェフだと感心し、振り向いた凛太郎が息を呑（の）んだ。

「……っ」

驚愕（きょうがく）に目を瞠（みは）り、あまりのことに言葉を失った。

驚きすぎて椅子から崩れ落ちそうになったが、どうにか踏ん張る。

愕然と見上げた先には、白いコックコートをまとった見覚えがありすぎる長身の青年が立っていた。

穴があくほどの勢いで、眼前の人物を凝視する。

画面越しではなく実際に見ると、記憶にあるよりもさらに精悍になっていた。

男ぶりも格段に増した恋人の姿に、凛太郎はようやく絞り出した声で呆然と呟く。

「……うそだ……⁉」

「ただいま。リン」

「あ……」

感動の再会なのに淡々とした口調と内容に脱力しかけたけれど、それも彼らしかった。

どんなにあっさりしていようが、直（じか）に聞く肉声は最高だ。会いたい願望による幻ではと

自分の脳を疑いつつ、問いかける。

「…本当の本当に、本物の蒼士?」

「ああ」

「なんで、ここに…っ」

「おかえりとは言ってくれないのか」

「ごめん。おかえり」

「料理はどうだった? 腕によりをかけてつくったが」

「どれも、めちゃくちゃ美味しかったよ。…そうか。蒼士がつくってくれたのなら、懐かしい味がして当然……じゃなくて!」

「ん?」

咄嗟に『おかえり』と返したが、それどころではなかった。

あと一年はパリにいるはずの鳴海がいて、どういうことだと混乱する。

予告なしの突然の帰国を訝しんだ。恋人だけでなく、事情を知っていたと思しき長谷川も問いただしたかった。

彼らを交互に見遣り、だまし打ちにするなんてと腹立たしかったけれど、鳴海に会えてうれしい思いのほうがどうしても勝る。しかも、凛太郎のために丹精込めてつくったという料理に結局、ほだされてしまう。

目の前にあるモンブランの誘惑にも逆らえなかった。

おもむろにスプーンを持ち、魅惑のモンブランを一口食べて唸る。

「ああ、もう‼」

「リン？」

「悔しいけど、すっごく美味しい！」

「それはよかった」

「はあ～……ダクワーズと生クリームの層が絶妙だし、マロンペーストも濃厚な味わいで完璧‼」

「おまえが好きな、幻の丹波栗（たんばぐり）『栗峰（りほう）』を使ってる」

「四年前より腕が上がってるし」

「そうでなきゃ、留学した甲斐がない」

「ぜひ、毎日でも食べたい」

「次のシェフが決まるまでは、俺がおまえの食事係になるか？」

「！」

またとない申し出に、凛太郎が目を輝かせた。

採用決定の知らせを即座に、勢い込んで本人に伝える。

「きみが専属シェフになってくれても、全然かまわないよ。むしろ、大歓迎だ」

「それは遠慮しとく。あくまで臨時だ」

「そう言わずに、じっくり時間をかけて考えてほしいな」

「熟考したところで、答えは同じだ」

「もし、気が変わったら教えて」

「あいにく、変わらない」

本気で鳴海をスカウトする一方で、まるで狙い定めたようなシェフの交代は、果たして偶然なのか怪しんだ。

至高のモンブランを堪能しながら、彼に訊ねる。

「なんで、帰国を早めたわけ？」

「元々のスケジュールが、想定以上に早く消化できたんだ」

「それならそうと、僕に言えばよかっただろうに」

「驚かせたくてな」

「もっとちゃんと出迎えたかったのに、長谷川までグルになって」

「一年後の帰国がよかったか？」

「そうは言ってない。ちょっと気に入らないだけ」

文句をつけてはいるが、弾んだ口調は隠せなかった。

モンブランは美味しいし、文字どおり夢にまで見た恋人が予定より早く帰ってきたのだから当然だ。

ゆるみそうになる頬を、なんとか引き締めた。

そこへ、長谷川が失礼しますと一言断ってから言う。

「ハッピーサプライズをありがとうという旦那様のお気持ちは、きちんと汲ませていただいております」

「自分に都合のいい解釈だな」

「礼には及びません」

「会話が嚙み合ってないよ、長谷川」

「さて。お食事もおすみになったことですし、鳴海様と積もる話もおありでしょうから、お二方はどうか、お部屋に足をお運びください」

「……そうする」

いつものように、笑顔でさらりと躱された。こちらの思考はすべてお見とおしと言わんばかりなので、早々にあきらめる。

長谷川の言うとおり、鳴海と早く二人きりになりたかった。

「おやすみなさいませ、旦那様。鳴海様」

「ああ」

「おやすみなさい、長谷川さん。いろいろとお世話になりました」

「とんでもない」

握手を交わす彼らを眺め、膝にあったナプキンをテーブルの上に置いて立ち上がる。長谷川と使用人にねぎらいの言葉をかけて、鳴海とそろってダイニングルームを出た。以前と変わらず、邸内には彼の部屋がある。

両親の死後から留学前まで同居していたときのままだ。

使用人が毎日、掃除していて、長谷川が鳴海の帰国を承知だったのなら、おそらくリネン類も新品のはずだった。

ベッドメーキングも完璧だと思うが、そちらで旅の疲れを癒(い)やしてほしいという配慮よりも、欲望が先に立つ。

隣に並んで階段をのぼる彼のコックコートの袖を摑(つか)んで話しかける。

「蒼士。僕の部屋に直行だから」

「そのつもりだ」

「じっくり休んで話す前に、まずはきみを身体中で感じたい」

「とりあえず、異論はないが」

「でも、部屋まで我慢できない」

「おっと！」

身長差があるので、勢いをつけて鳴海の首筋に両腕でしがみついた。長谷川たちの目がなくなり、歯止めが利かなくなった。

　難なく受け止められ、正面から腰を持って抱きしめ直される。

　至近距離で濃密に絡んだ視線を逸らさず、彼が低く笑った。

「本能むき出しだな」

「おあずけ期間が異様に長かったから、禁断症状が出て当然だよ」

「問答無用で俺を襲うほど欲情してると」

「この状況で、理性と洋服なんかいらないし」

「まあな」

「そう……んぅ…っんん」

　最後まで言い終わらないうちに、つま先が宙に浮いた状態で吐息を重ねられた。

　片時も唇を離さないまま、鳴海が階段をのぼり切る。

　壁に背中を押しつけられるようにして床に下ろされ、キスをつづけられる。

　互いの身体を服の上から忙しくまさぐりながら、廊下を少しずつ進んだ。凛太郎の部屋にたどり着く間も、呼吸をむさぼり合った。

「っふう…あ……蒼士…っ」

「リン」

「会いたかった」

「俺もだ」

「んっん、ぁふ……うんん」

キスの合間に囁くほどに、気持ちが昂ぶっていく。

逸る想いに震える両手で、鳴海の髪をかき回した。自室のドアを開いた彼に抱きかかえられる格好で、手前のバスルームになだれ込む。

浴室へ入るまでに服を剝ぎ取られ、裸体をさらした。

コックコートの前をはだけただけの鳴海に、凛太郎は眉を微かにひそめる。

カランをひねってくれたのか頭上から降ってくる温かいシャワーの中、間近にある黒い双眸を見つめて言う。

「ずるいよ。きみも脱いで」

「あとでな」

「今がい……んあぅ」

すぐにという凛太郎の願いは受け流されて、性器を直に握り込まれた。

的確な指使いで弱い部分を正確に扱かれる。自分では得られない快感に、恋人の愛撫に餓えていた肉体が反応する。

たちまち芯を持ち、先走りまで滲ませる始末だ。

「く…っん」

「早いな。自分でしてなかったのか？」

「んんっ……意地が、悪っ……うぅう…っふ」

「どうせなら声は殺さずに、しっかり聞かせてほしい」

「やっ……」

「夢にまで見てたんだ。禁欲してた褒美をくれ」

「僕、だって…ぁ」

鳴海がいなかった間、自慰はともかく、大人のオモチャなどで後孔を慰めることすら自らに禁じていた。

そのせいで、想像以上に身体が快楽に貪欲になっている。

本当は、会えないかわりにインターネット電話やメール、電話でエロいことを言ったり、淫らな画像や文章を送ったり、画面越しにライブでセクシーな行為を見せ合ったりもしたかった。

ただ、それは危険な行為とわかっていた。だから、万が一に備えて親しい友人のやりとりと受け取れる会話しか交わしていない。

つまり、恋人らしいやりとりは、いっさいなしだった。

冗談抜きに、四年間も清らかな関係でいたのだ。

鳴海の肌を知らずに物理的な距離を置いたのならまだしも、すべてを知ったあとだっただけにこたえた。

「ふあっ、ぁん…ああっ」

先端を爪の先でいじられて、抑え切れない嬌声がこぼれた。

いちだんと追いつめられて取り乱したが、彼は手をゆるめてくれない。

膝から崩れ落ちそうな凛太郎の腰に片腕を回して支えてくれているのはいいけれど、額や瞼、鼻筋、頬に悪戯な唇が触れてくる。

耳朶も甘噛みされ、耳孔にも舌が挿ってきて身をすくませた。

「くすぐっ、た……んくぅ」

「おまえだけを愛してる」

「蒼、士……あっう……んああっあ」

甘い言葉にも煽られて耐えられず、ついに精を放ってしまった。

初体験のときより早くて、情けなさに頬を歪めて肩で忙しなく息をつく。

目が合った鳴海の胸元を恨めしげに拳でたたいたら、唇を啄まれて満足そうな声音で言われる。

「喘ぎ声だけじゃなく、いく表情も色気炸裂だって再確認できた」

「内心で僕のこと、笑ってるくせに」

「なにをだ？」

「とぼけるつもり？」

「早漏問題なら、俺もおまえを笑えないが」

「え？　……あ！」

腰を押しつけてこられて、硬くなっている股間に気づいた。彼もそんなに余裕があるわけではないのだとわかる。

今度は自分の番とばかりに、凛太郎が笑みを浮かべて告げる。

「僕に任せて」

「その笑顔がなんとも怖いな」

「失礼だな」

引き締まった裸の胸に唇を這わせながら、コックコートを脱がせた。間を置かずに下半身の衣服にも手をかけ、下着ごとずらす。

足から着衣を抜き、現れた屹立の前にひざまずいて、うっとりと見入った。

頬ずりは後回しにして、なんのためらいもなく口に含む。サイズが立派すぎて全部は銜え切れないので、手も使った。

ひさしぶりでフェラチオの技巧が鈍っていないか不安だったが、全力で挑む。

「んふっ…ん、ん、っうむ」

「初っぱなから飛ばしすぎだろ」

「四年、分……だし……ぅんん…っ」

「出発前夜と同じく、搾り尽くすつもりなんだな」

「んむ……っう」

正解というようにのどの奥を締めると、髪を優しく撫でられた。

気をよくし、さらに歯と舌を駆使して励む。独特の味が舌先から広がり、恋人の帰還をいっそう実感し始めた。

上目遣いに見上げた先に、気持ちよさそうに両眼を細めた鳴海がいる。その表情でさらに興奮した凛太郎の口淫が熱烈になった。

「また勃たせてる。感じやすいところも変わってないな」

「んぅう……ゃん、あ……蒼士⁉」

唐突に陰茎を口から引き抜かれて、眉根を寄せる。

まだ途中なのにと文句をつけたのもかまわず、脇の下を持たれて強引に立たされた。

唇同士を触れ合わせたまま囁かれる。

「つづきは、手で頼む」

「でも…っ」

「おまえと早くつながりたいんだ」

「あっ……くぅん」

背中越しに回された手が、腰の奥にすべり込んできた。ボディソープらしきぬめりを帯びた指が後孔を探ってくる。

言葉とは裏腹に、鳴海は凛太郎への気遣いを常に忘れない。

年単位のブランクを考慮し、そこを丁寧にほぐすつもりだと悟った。

武道の嗜みがあるために冷静沈着な彼ならではだが、自身の快楽さえ抑えつけるのは、心身ともに悪い気がした。

慎重に沈められた一本の指が体内を進む感覚に低く呻いた凛太郎が、鳴海に吐息まじりに囁きかける。

「すぐに、きみの全部を……思い出す…」

「なにを言ってる?」

「だ…から……少しくらい、痛くても……いい」

「リン」

「僕も、蒼士のすべてが、早く欲しい」

「…そうか」

「我慢、しないで」

「わかった」

小さく笑ってうなずいた彼が、指の数を増やした。

違和感に息を詰めたのは一瞬で、覚え込まされていた性感帯がゆっくりと目覚めていく。奥まった箇所をこすられた瞬間、官能的な快楽が背筋を走り抜けた。

鳴海に対する愛情が細胞レベルなのと、早急にひとつになりたい欲求のあまり、意地で呼び覚ませたようだ。

多少の引きつれ感は仕方ない。ブランクのわりには、思っていた痛みがないだけましだろう。

弱いところを集中的に攻められて、髪を振り乱す。

勃起していた凛太郎の性器も、さらに感じて蜜を垂らした。密着体勢の彼の腹筋に、知らずこすりつけて喘ぐ。

「あっ、あっ……んぁあ」

「もう思い出したみたいだな。腰が揺れてる」

「っは…ああ、蒼士っ……蒼、士…ぅ」

「俺の首に腕を回して摑まってろ」

「ん、う……あ⁉」

言われたとおりにした途端、背中を壁につけられて、片方の脚を膝裏に手をかけて持ち上げられる。

指が抜かれたばかりのぬかるんだ淫処に、熱い切っ先が触れた直後だった。

肉輪をこじ開けるようにして、熱楔がめり込んでくる。猛烈な圧迫感と挿入の対処法は知っているはずが、しばらくぶりで動揺が先に立った。

自分の体重でいちだんと深く呑み込んでしまうので、なおさらだ。

「うぁ…くうぅ……う、うっ…んんっ」

「リン。力を抜いて、深く息をつけ」

「ふあっ……っは…あ……んあ…う、うん…っ」

「大丈夫か?」

「ん……大、丈夫…」

「無理はするなよ」

「して、ない……はあ…ぁ」

「つらいなら、やめるぞ」

「……ううん」

隘路を分け入ってきているのは、愛する人の身体の一部だ。

そもそも、この瞬間をどれだけ待ち望んでいたことか。しかも、自分がこんなにも息んだら、彼が痛いはずと思ったら自然と身体の力が抜けた。

鳴海もそれを察知したようで、固かった表情を崩してキスされる。

「ゆるんだみたいだな」

「もう……ロック解除、でき…た」

激痛はなく、柔軟に撓み始めた内襞が熱塊にまとわりついていった。

運動神経は壊滅的だが、エロ神経は意外とイケているらしくてなによりだ。あとで筋肉痛になろうと、そのときはそのときだ。

やめられるほうがつらいと言い添えて、首筋に回した手に力を込める。

「平気だか…ら……つづけて」

「そうさせてもらう」

「んっ……うぁ、あっああ……蒼、士…っ」

止まっていた熱杭が奥に到達して抜き差しされた。

下から突き上げられるたび、悦びが全身を駆けめぐる。

挿入の衝撃で萎えた凛太郎の性器が再び勃ち上がり、鳴海と自らとでこすられた。それと粘膜内での刺激で後孔を引き絞り、彼を締めつけてしまう。

どうにかしたかったが、コントロール不能だった。

「っふ…あ、ごめ……ゃう」

「気にするな。今は俺も、自分を制御できない」

お互い様だと答えられたあと、抽挿が激しさを増す。

射精していっそう強く楔を圧迫したら、低い呻きが聞こえた。

滅多に感情をあらわにしない鳴海がぶつけてくるこのときの激情が、うれしかった。彼の後ろ髪を軽く引っ張り、視線でキスをねだる。

きちんと伝わったらしく、唇を合わせられた。

舌が搦め捕られてほどなく、体内の深部を抉られた凛太郎が身体を強張らせる。

「っ……！」

嬌声はキスに呑み込まれた。ほとんど同時に鳴海自身が引き抜かれ、凛太郎の下腹部が奔流で濡れていく。

鼻から甘えたような吐息を何度も漏らし、息苦しさに胸を喘がせた。

キスをほどいて呼吸を弾ませながら、間近にいる彼を軽く睨む。

「中でいかないなんて、どういうつもり？」

「後始末に時間がかかるだろ」

「それも、お楽しみのひとつなのに」

「楽しみはあとに取っておけばいい」

「ちょっと、蒼士⁉」

泡だらけの両手で素肌を撫で回されて、身をよじった。

危うくバランスを崩しかけた身体を抱きしめられて安堵したが、くすぐったいのは変わらない。

汚れた肌をいったん洗って、寝室に行く。ベッドで心ゆくまで抱き合ってから、バスルームで戯れるのはどうかと提案された。

悪くない話だとうなずき、じゃれ合いつつ凛太郎も鳴海を洗う。

互いの泡を洗い流して、バスタオルでざっと拭って裸のまま彼に横抱きにされて浴室を出た。

着痩せするタイプの恋人は、以前よりも筋肉質な肉体になっている。

細身とはいえ、成人男性の凛太郎を足取りも乱さず運べるのはすごくて感心した。

「向こう、でも……んぅ……鍛えて、たんだ？」

「サボる理由が、ない」

「逞しく……っふ、んん……なって…る」

「おまえは、華奢なままだ」

「細すぎて……嫌じゃ、ない？」

「ちっとも。どんなおまえでも、愛おしい」

「もっと……言って……っん」

「欲しがりで、ストーカー気質が基本の俺変態なおまえも、可愛い」

「蒼士一途な、だけ……ふぅ、ん」

「俺も、そうだ」

寝室に着くまでの間も、キスを交わしながら会話した。

ナイトテーブルの上の照明だけをつけた室内で、縺れ合うようにベッドに倒れ込む。組み敷かれた凛太郎の首筋に顔を埋められ、ときどき強く吸われて痕を刻まれた。

鎖骨、脇、臍の周りにも、念入りに鳴海の唇が這う。

左右の乳嘴はひりつくまで舐めたり、噛んだりされた。凛太郎も負けじと、張りのあるなめらかな彼の肌を確かめるように触れる。

「あ！」

不意に、俯せにされて腰を掲げられた。

振り返って見ると、上体を起こしてベッドに膝をついた鳴海に、秘処をさらけ出した格好になっている。

双丘の奥に息がかかってすぐ、濡れた感触が訪れた。

後孔をさらに舐めほぐす気だとわかる。ひさしぶりのせいか羞恥を覚えたが、快くなると承知なので抵抗はしない。

陰部に口をつけた彼と目が合い、さすがに頬が熱くなった。

「んっ、あ……刺激的だ、って……思った…だけ」

「恥じらうおまえも、初々しくていい」

「そ……ふぁんんっ」

口を離してそう言われた直後、内部に尖らせた舌が挿ってきて声をあげた。指も加わり、唾液も流し込まれる。

多少の違和感は否めなかったけれど、許容範囲だ。

水音を響かせながら、じっくりと媚襞をいじってくる指使いに身をよじった。

抜かりなく弱点もこすられ、気づけば舌にかわって指が三本に増えていた。身悶えずにはいられない箇所を重点的に攻め立てられる。

漏れなく反応中の自分の性器に、ためらわずに手を伸ばして扱いた。

噴き出したような音につづき、鳴海が言う。

「いっそ、清々しいまでに欲望に忠実だな」

「悪い？」

「いや。最高の眺めだ」

「あとで……きみの、も……見せて」

「記憶更新のためか」

「常に、最新…版に……アップデート、しない…と」

「おまえらしいな」

「んあ…っ」

凛太郎が果ててしまう前に、筒内の異物がなくなった。

喪失感を補うにはあまりある質量の熱塊が押し入ってくる。

充分に慣らされたせいか、先端の太い部分を呑み込んだあとは、さきほどよりもスムースな挿入だ。

上体を倒した彼の唇が肩甲骨、うなじと這い上がっていった。

つけ根まで銜え込み、背中に覆いかぶさってこられて囁かれる。

「動くぞ」

「ウエルカム！」

「積極的で微笑ましいが、あまり笑わせないでくれ」

「な……ふあぁぁ」

シリアスな答えなのにと返すより早く、中を攪拌(かくはん)されて身じろいだ。

浴室での行為に比べ、深奥を突かれて乱れる。したたかな律動を繰り返しつつ、乳嘴と中途半端になっていた性器にもちょっかいをかけられた。

いろんなところを一度に苛(さいな)まれるのが弱い凛太郎が弱音を吐く。

「ゃう…あっあっ……ああ、嫌っ…ん」

「その声は『悦(い)い』だって知ってる」

「ちがっ……んぁん…は、あ、やめ…っ」

「気持ちよすぎるだけだろう」

「そ、だけ…ど……ぅんん」

「だったら、やめない」

「いっ……あぅう、あっあ……んああ！」

凛太郎の首筋に歯を立てた鳴海が、さらに激しく腰を打ちつけてきた。

シーツに押しつけられて揉みくちゃになった性器が射精した快感も相俟って、なけなしの理性が吹き飛ぶ。

彼の動きに合わせて、自らの腰も揺らめかせた。

それほど間を置かずに、体内が熱い飛沫で満たされる。一滴も残さず搾り取る勢いで、後孔を蠢かせた。

待ち焦がれていた瞬間に恍惚となるのも束の間、視界が反転した。

「なに？　あ……ぅあ、ああっ」

身体を引き起こされたと思ったら、胡座をかいた鳴海の膝の上を跨いだ姿勢で座らされていた。

つながった状態なので、楔が硬度を取り戻しているのもわかる。

回復力と持久力に優れているのは、一種の才能と惚れ惚れする。

注がれたばかりの精液が重力に従って滲み出してくる感触すら、快感になった。これがあふれるほどに荒々しくされたいと甘い溜め息をつく。

半身をひねり、背後の彼の首に片腕を回して見つめた。

「絶倫の恋人って素敵だよね」

「煽りすぎると、後悔することになるぞ」

「四年ぶりだから、むしろ後悔したいけど、僕を満足させる自信がない？」

「挑発がうまいな」

「誘惑って言っ……あっ、んぅんん」

おもむろに、強く突き上げられて胸を反らした凛太郎の唇が塞がれた。

体勢的にすぐにつらくなり、制止の意味を込めて鳴海の後ろ髪を軽く引っ張る。即座にやめてはくれず、体感で一分以上が経った頃、ようやくキスがほどけた。

息を整える暇もなく、淫筒内の脆弱なスポットをつつかれる。

執拗なピンポイント攻撃に、彼の肩口に後頭部をつけて喘いだ。

「あっあ…んゃん……あ、っあ……蒼士っ」

「リクエストに応えて、たっぷり後悔させてやる」

「んふっ……どう、かな……あぁ…う」

やれるものならやってみろと、凛太郎が鳴海を横目で見て微笑んだ。

額にくちづけられた直後、両膝裏を持たれて熱杭が引きずり出されていく。全部は抜かれずに、途中でまた貫かれた。

それを何回も繰り返しながら、両手の指を二本ずつ添えて挿れてこられて呻く。その指で内部をいじり回されるから、たまらなかった。

かきまぜられた淫液が、願望どおりにあふれている。

濡れた水音にも煽られて、感度がますますよくなっていった。

「あっあぁ…っは……んあっ…ああ」

「ほら。蜜を垂らしてるおまえを触ってやれ」

「んうっ…く、あ……っあ、んんぁ」

「尖った乳首でもかまわない」

「ぁん……うぅん……蒼、士……キス、し…て」

「さっきは嫌だって言っただろう」

「今、は……したい……んんっ」

すんなりと願いが叶い、舌を絡めたキスに翻弄される。

嵩を増した熱塊でいっそう深みを突かれ、唇を振りほどいてあえかな声を放った。

果てた凛太郎につづいて、粘膜内が二度目の精でいっぱいになる。

「っは、あ……あああ…ぁ」

鳴海の胸元にぐったりともたれかかり、浅く呼吸する。

目尻や頬、口角にキスしてくる彼に笑みを浮かべ、視線を合わせた。まだ欲情の色を濃く湛えた双眸がうれしくて、愛しい人の唇を人差し指でなぞって囁く。

「満足には、ほど遠いよ?」

「俺も全然おまえが足りてないし、まだこれからだ」

「夜は長いしね」

「まあな。でも、とりあえずは…」

「なに?」

「あらためて、ただいま」

「うん、おかえり。僕だけの蒼士」

ようやく自分のもとへ帰ってきた恋人の肩に、甘えるように頬ずりした。

髪に鳴海の唇の感触を覚えたあと、身体を離してベッドに仰向(あおむ)けに横たえられる。また熱塊を受け入れて官能に酔いしれながら、凛太郎は彼をきつく抱きしめた。


鳴海が帰国した日の翌週の月曜日は、凛太郎がオフィスに行く日だった。

月に一、二回の出勤日で、今日から彼が送迎することになっている。仕事が決まるまでしばらくの間、運転手を兼ねて警護についてくれるらしかった。

幼い頃はともかく、少年期以降は身の危険を感じた経験はほとんどないが、鳴海家の人々と顧問弁護士から、備えあれば憂いなしと言われて現在も護衛をつけている。

留学中やその前後の鳴海が国内で働いていた期間は、凜太郎の外出には彼の父親が役員を務める大手警備会社から厳選されたボディガードが派遣されていた。

彼らにかわって、子供の頃のように鳴海に護ってもらえるのは、単純にうれしい。親しくもない人間より、気心の知れた相手がそばにいるほうが気が休まるせいだ。

今朝の朝食も、つくってくれた彼と一緒に美味しく食べた。

今は、自分の出勤の支度がすみ、エントランスホールで鳴海ともども長谷川に見送られている。

「じゃあ、長谷川。行ってくる」

「お気をつけていってらっしゃいませ、旦那様」

「うん」

「鳴海様。旦那様を何卒、よろしくお願い申し上げます」

「わかりました」

正面玄関に回されていた黒塗りの車の後部座席に凜太郎が乗り込み、長谷川がドアを閉める。

それを見届けた鳴海が回り込んで運転席に乗った。

整然と並んだ使用人たちと長谷川が恭しく頭を下げるのを視界に入れつつ、互いにシートベルトを締める。

静かに発進した車内で、久々の恋人の運転に心が弾んだ。

本当は助手席に陣取りたいが、警備の都合上だめだと言われていた。

斜め後ろから彼を眺めて、運転する姿も決まっていると両眼を細める。

今日の鳴海はダークブルーのシャツにチャコールグレーのジャケット、黒いパンツというスタイルだ。

動きやすさを考えてか靴は黒のスニーカー、太陽光が運転の妨げにならないために薄い色つきのサングラスもかけている。

思わず激写したくなるクールさに、スマートフォンに手を伸ばして何度も彼に向けては断られていた。

凛太郎のほうは、白いワイシャツにグレーのナロータイ、トラディショナルな濃紺色のスリーピースを身につけている。

マットシルバーのネクタイピンに、袖はタイピンとそろいのカフスで留め、胸元にはマリンブルーのチーフ、ノートパソコンも入っている通勤鞄は黒だ。

自動で開いた門を通って敷地内を出たところで、懲りずに撮影しかけたが、止めてこない鳴海に首をひねった。

背後から彼を見つめて、確かめるように訊ねる。

「隠し撮りしていいのかな？」

「……なんだって？」

「反応が遅いね。今の間に、五枚はきみの写真が撮れたよ」

「やめろって言ってるだろ」

「そうだけど、なにか気を取られることでもあった？」

「別に。外に出たから、護衛の仕事に集中してるだけだ」

「頼もしいけど、ちゃんと僕にもかまってくれないと嫌だよ」

「手のかかる護衛対象だな」

「そこも好きなくせに」

「言ってろ」

「図星だよね」

自信たっぷりに言い返しつつも、凛太郎はたしかにとうなずいていた。

家の中にいるときより、鳴海が殺気立っているのがなんとなくわかるせいだ。そんなまじめなところも、いかにも彼らしかった。

隙を見て激写とスマートフォンを構えた瞬間、今度はすかさず注意される。

「おい、リン」

「さっき黙って撮ればよかったな。減るものじゃないんだから、いいじゃない」

「これから毎日だって見られるんだ。撮る必要はないだろう」

「網膜に焼きつけるより、データに残したい」

「ツーショットでとか言われないだけ、ましなのか」

「僕はそんな危ない橋は渡らない」

インターネットの世界に、プライバシーはないに等しかった。

たとえるなら、ガラス張りの家に裸で住んでいるようなものだ。一定のＩＴスキルや知識を持った人間からは丸見え状態になってしまう。

どんなに隠そうにも、絶対に安全と言えるセキュリティ対策はない。

自分を守るためには、危険なことは最初からしないことだ。

鳴海と二人で映る写真となれば、凛太郎の想いは確実にダダ漏れになる。愛情を隠し切れない以上、第三者にどう解釈されるかわからずに撮影は控えていた。

「つまり、俺の写真は流出してもいいわけだ」

「む」

「そういうことだろ」

「…今、それを言うんだ」

もちろん、その可能性もあったけれど、あえて深くは考えずにきた。

離れていた間は特に、彼の写真を見て寂しさをまぎらわせたからだ。

指摘を受けて、あらためて想像してみて眉をひそめる。鳴海の写真が世界中に拡散すると思っただけで、激烈な嫉妬心を覚えた。

手にしていたスマートフォンをスーツの上着の内ポケットにしまい、溜め息まじりに『やめとく』と答える。

「今ある蒼士のデータも全部、プリントアウトしたらデリートする」

「さっきのは、ちょっとした冗談だったんだがな」

「洒落にならない。被害は最小限にとどめないと」

「実害はないぞ」

「現時点ではね。…ああ。寂しさに負けた過去の自分が許せない」

「だから」

「鉄壁の防御をしてるつもりだけど、もう誰かがきみの写真を盗んでて、こっそり楽しんでたらと思うと、いてもたってもいられない」

「リン」

「どんな目的だろうが、僕以外の人間が蒼士の写真を愛でるなんてだめだよ。そんなの絶対に許せない。……そうだな。どうすれば、この難題を解決できるかを最優先に考えないとね。仕事は片手間でも…」

「こら。落ち着け、凜太郎」

苦笑を滲ませた声音で、ファーストネームを呼ばれた。

自らの思考にどっぷり浸っていたが、珍しい呼び方に我に返る。ルームミラー越しに、一瞬だけ視線が合った鳴海が、自分の個人情報について少しナーバスになりすぎだともつけ加えた。

妙なことはしないように約束させられ、渋々うなずく。

この話題はこれで終わりと、強制的に打ち切られた。

憮然とする間際、夕食はなにがいいかと訊かれて気を取り直す。

食べ物につられるなんてと思うが、彼がつくる料理はどれも絶品と知っているだけに、どうしようもない。

あれこれ迷った末に、ロシア料理と応じた。

「意表を突いてきたな」

「道玄坂にあった行きつけの専門店が一昨年、閉店してね。あそこ以上に美味しいビーフストロガノフには、まだ出会えてないんだよ」

「あの店か。味は覚えてるから、なんとかなるだろう」

「ピロシキとペリメニとボルシチ、あとシャシリクも食べたい。それから…」

「モンブランだな」

「うん」

わかっているとばかりに言われて、完全に機嫌が上向く。

ロシア料理のデザートとは別に、つくっておくと快諾された。

やがて凛太郎が勤める会社に到着し、オフィスが入ったビルの前の車道脇に鳴海が車を停めた。

シートベルトを外したあと、振り向いた彼を抱き寄せてキスしたい衝動を堪える。

サングラスを額の上に押し上げた鳴海が言う。

「退社時間の六時には、ここで待ってる。残業になりそうだったら知らせろ」

「わかった」

「なにか問題があっても、すぐに連絡をくれていいからな」

「心配性なところは、ちっとも変わってないね」

「過保護グセは一生直りそうにないから、慣れてくれ。気をつけてな」

「蒼士も安全運転で」

気にかけてもらえるのが、なんだかくすぐったかった。鬱陶しいとか、束縛で息がつまるとかはまったくない。

とても大切にされていると思えて、彼の指をきゅっと握った。

「大好きだよ。蒼士は？」

「そういうやりとりは、外では控えるって言ってるはずだ」

「少しくらいは、いいと思うけど」

「家に帰ったら、いくらでも」

「なんだか、つまらない。再会したての熱々な恋人気分を味わいたいのに」

「帰宅後にな。仕事、頑張れ」

「……仕方ないな。行ってくる」

ツンデレな恋人に嘆息しながらも、通勤鞄を手に後部座席から降りた。

凛太郎がビルに入るまで見送ってくれていたことで多少、気が晴れる。

首から提げた社員証を兼ねたＩＣカードでセキュリティゲートを通過し、エレベーターホールに足を向けた。

四基あるうちの一基に数名が乗っていて、ドアが閉まる前に乗り込む。

会社が入っている階のボタンを押し、目的のフロアに着いて降りた。掃除が行き届いた廊下を歩き、ドアを開けてオフィスに入る。

白を基調とした室内は、窓からの自然光と相俟って明るかった。

ところどころに置かれた観葉植物の緑が目に優しく、清潔な印象だ。

基本的にはリモートワークなので、システムインテグレーション部門は出社している人数が多くなかった。

自分のデスクにたどり着くまでに顔を合わせた同僚や部下と、笑顔で挨拶を交わす。

部屋の奥にあるほかよりも多少大きなデスクが、凛太郎のものだ。

持ってきたノートパソコンとは別に、二台のモニターとキーボードもあった。いずれも会社の支給品で、もしなんらかの理由で壊してしまった場合には、ノートパソコンに至っては三十万円以上の賠償をしなければならない。

ノートパソコンは画面が小さくて目が疲れるため、作業は主に大きな画面のモニターのほうでやっているけれど、仕事中はすべて起動させていた。

席に着いて早速、通勤鞄からノートパソコンを取り出す。

モニターの電源も入れて、始業から三十分後の恒例のブリーフィングに備えた。

リモートワークの部下の業務内容や仕事の進捗状況を上司として正確に把握する目的で、テレビ会議の形で行う。

メールや昨日のうちに部下たちから提出されたタスクのチェック、必ず出席しなければならない会議、今日中に片づけることなどを確かめる。

「残業だな」

やるべき業務の多さに呟いて、小さく肩をすくめた。

かなり忙しいが、仕事はやりがいがあって楽しい。たまの出勤もかまわないものの、凛太郎が率いる現在のプロジェクトにかかわっているＳＥやプログラマーたちは、よくも悪くも職人気質で一筋縄ではいかない人物ばかりだった。

「…まったく。また、こんなものを作成してるし」

画面上でチェックした内容に、げんなりする。

それは、三輪俊和という二十八歳のＳＥが仕上げたスクリプトだ。

プログラミング言語とデータベースを駆使することに執念を燃やす三輪を、凛太郎は密かに関数変態と呼んでいた。

こちらが課したタスクとはいえ、ソースコードをひたすら自分好みに関数を用いてスクリプトを設計し、結果的にほかの同僚がものすごく扱いづらいものになっていることが日常茶飯事の要注意人物なせいだ。

オフィスで会ったときや、リモートワーク中もチャットやメールなどで、さんざん忠告しているが、反抗的な態度を取るだけであらたまる気配はなかった。

さきほど見かけたと思って、三輪の姿を視界に捉える。

仕方ないと立ち上がり、彼のデスクに行って声をかける。

「三輪さん、おはようございます」

「……はよっす…」

ちらりと凛太郎を見た三輪が、すぐに視線をノートパソコンの画面に戻した。

他人と目線を合わせていると落ち着かないらしい彼の普段どおりのスタンスだ。

口調もボソボソとしていて、聞き取りにくかった。話し方も取ってつけたような丁寧語だが、仕事さえできれば話し方にはこだわりはないので、気にせず言う。

「申し訳ありませんが、昨日のコードを書き変えていただけますか」

「…どこがだめなんすか？」

「もう少し、単純な形に修正してくださると助かります」

「あれで、わかんない人とか素人ですって」

「お忙しい中、大変恐縮なのですが、三輪さんでしたらもっと素晴らしいものを設計できると知っておりますので、お願いさせてもらっているんです。シェルスクリプトではなく、いっそプログラミング言語にしてください」

「………」

反発心もあらわな態度で、三輪が黙り込んだ。

反論されるより早く、都合のいい解釈で承諾と受け取った凛太郎がつづける。

「聞き届けていただいて、ありがとうございます」

「……っ」

「できれば、昼までに仕上げていただけますと幸いです。それが終わり次第、次のタスクを振ります」

ふてくされた表情を隠さず、舌打ちもされた。

やればいいんだろうという副音声が聞こえてきそうな雰囲気だが、いつものこととあって苦笑いですませる。

人間関係を円滑に保つのは、業務以上に難しかった。

我が道を突き進む個性的な面々で、コミュニケーションを取るのに苦労する。部下のほとんどが凜太郎より年上なことも原因かもしれない。

それでも、三輪以外のＳＥとは最低限の意思の疎通がはかれているつもりだった。

入社して三年目になるが、上役からの覚えはめでたい。同僚ともうまくやっていて、淡々と職務をこなして今に至っている。

自分の席に戻ったら、眼鏡をかけたラフな格好の男性がデスク脇に立っていた。

凜太郎に気づいてにっこりした彼に、微笑み返す。

「杉浦さん。おはようございます」

「おはようございます。いつも素敵なスーツを着てますね、澤井さんは」

「とんでもない。でも、ありがとうございます」

やはりＳＥで三十歳の杉浦修平に褒められて、礼を述べた。社交辞令だとしても、謙遜するのがマナーだろう。

ちなみに、凜太郎を除く皆はカジュアルな服装での出勤だ。

Ｔシャツにデニムは普通だし、足元はサンダル履きの者もいる。自分と同じか、それ以上のポジションの人でも、スーツ姿はいなかった。

外部の人間と会う、取引先も参加する会議に出るといった場合に限り、ジャケットを着るか、スーツと決められている。だから、社内でひとりスーツを着た凛太郎が珍しくて目立つのだ。

三輪を筆頭にクセモノぞろいの中、杉浦は気配りができて物腰がやわらかい。

一癖も二癖もある同僚のSEとも良好な関係を築いていて、どんなに大変な課題でも、さらりとやってのける実力の持ち主だった。

そんな杉浦なので、凛太郎も仕事上で信頼を置いている。

無理なときは別のSEに回してくれと断って、少々難解なタスクを振ったり、扱いにくいSEとの橋渡し的な役割をたまに頼んだりもしていた。

「今日の進捗管理定例会議について、澤井さんにお訊きしたいことがあって」

「午後からの分ですね。なにか……」

「あの！　さっきの、やっぱ納得いかないんすけど…っ」

「三輪さん？」

タスクのやり直しを命じた三輪が突然やってきて、溜め息を呑み込んだ。

杉浦と凛太郎の会話に割り込んだ罪悪感は、まったくなさそうだ。杉浦も目を瞬(しばたた)かせて三輪を見つめている。

「あれが最高の出来なんで、直しません」

「三輪さんなら、さらにハイレベルなものが絶対におできになります」

「おだてたって、むだですから」

「そのようなつもりはありませんが、チームでの仕事ですので、三輪さんもどうかご協力いただけませんか」

「協力してます！」

「ですから…」

「まあまあ。少し落ち着こうか、三輪くん」

「杉浦さんまで、なんすか…っ」

「ちょっと話そう。な？」

ここは任せてというように、杉浦から目配せされた。

微かに顎を引いた仕種で、了承の合図を送る。たしかに、現状で凜太郎がなにか言っても、三輪の感情を逆撫でするばかりだろう。

本格的な口論に発展する前に仲裁に入ってもらえて助かった。

気遣い上手な杉浦に、今は視線で感謝の気持ちを送る。

「澤井さん。また、あとで伺います」

「わかりました」

三輪を伴って凛太郎のデスクを離れるとき、そう言われてうなずいた。

去り際、数秒、睨みつけてきた三輪に辟易したが、顔には出さない。その後、ブリーフィングをすませ、会議室に移動して午前中に二つの会議に出た。

会議の合間に、三輪がやり直しのファイルを上げてきた。

杉浦からどう説得されたかは知らないものの、今度は万全の仕上がりで安堵する。

ようやく杉浦と話ができたのは、昼休みの直前だった。彼の問いに答えたあと、思いついて昼食に誘う。

「もしよろしければ、ランチを一緒にいかがですか？」

「わたしとですか？」

「もちろんです。今朝は三輪さんの件でお世話になりましたし、杉浦さんには日頃から、よくしていただいていますから」

「そんなたいそうなことはしてませんけど」

「いえ。本当に感謝しているんです。ぜひ、ごちそうさせてください」

「いいんですか？」

「僕の、ほんの気持ちです」

「それじゃあ、お言葉に甘えて」

「ええ。行きましょう」

社員食堂は美味しいが、奢（おご）るのに社食では味気なかった。

せっかくなので、行きつけの三ツ星ホテル内のステーキ店に出向く。

鳴海や警護担当者からは日頃、タクシーには乗るなと言われているけれど、近距離なので使った。

高級感にあふれた店内を黒服の店員に個室へ案内される際、おどおどし始めた杉浦には気づかない。

凛太郎にとっては、馴染（なじ）みのある扱いと空間でしかなかったせいだ。

席に着いてメニューを眺めた。会計は自分がすると事前に店員へ告げていたため、杉浦のメニューには値段が載っていない。

焼き具合の好みを彼に確かめてから、シャトーブリアンのコースを二人分頼むと、おずおずと訊いてこられる。

「……高そうなお店ですね」

「一人十万円程度のコースなら、そうでもないと思います」

「じゅ……!?」

「すみません。こちらのお店では、それが上限らしいんです。杉浦さんのお口に合うとよろしいのですが」

「あ、合うかと思います。充分すぎるほど…」

杉浦の頬が微妙に引きつっているのは、空腹のせいかと考えた。

たしかに腹が減ったと凛太郎も同意しながらグラスの水に口をつけると、彼が深く息をついて言う。

「こんなふうにお金が使えるなんて、ＩＴコンサルタントが高給取りだっていう話は本当なんですね」

「え？」

「わたしと同じフリーランスでも、年収が一千万円を超えるって聞きました」

「そうなんですか」

ＩＴ全般にかかわる仕事が好きで、携わりたいだけであって、給料にはいっさい関心がなかった。

就職活動の経緯で金額を目にしたのかもしれないが、記憶に残っていない。

面倒な手続きは長谷川に丸投げし、詳細の報告は無用と指示した。それ以来、振り込まれる給与も長谷川が管理している。

月々の給与額をはじめ、ボーナスの額、年収も凛太郎は知らなかった。

まるで他人事のような返答に訝しげな顔をしつつも、杉浦がつづける。

「人様の収入の話は下世話でした。申し訳ありません」

「まあ、プライベートではありますね」

「はい。話題を変えましょう」

「ああ。ちょうど、前菜が来ましたよ」

当たり障りのない会話をしながら、運ばれてきた料理を次々と平らげていく。

これはこれで問題ないが、仕事上のつきあいしかない杉浦相手に、味の感想を細かく言うのはなんとなく憚(はばか)られて控えた。

鳴海の味に慣れてきた感のある舌が、無意識に彼のものと比べてしまって弱る。

近々、家でステーキを焼いてもらおうと結論づけて、この場をやり過ごした。

デザートを食べている段階で、店員にカードをあずけて支払いをすませる。

満腹になって満足な凛太郎をよそに、何回目になるかわからない礼を杉浦が伝える。

「すごく美味しかったです」

「よかったです」

「本当にありがとうございました。人生で一番贅沢(ぜいたく)なランチでした。たぶん、一生の記念になります」

「そんな、おおげさですよ」

ひどく恐縮されて、気にしないよう宥めた。

自分が仕事を頑張るのは職務なので、今後は過ぎた気遣いは無用と告げてくる彼はまじめな人だと、いちだんと好印象を持つ。

ランチを終えてオフィスに戻り、仕事に取りかかった。

ちょっとの暇を見つけて、鳴海にメールを送ろうとスーツの上着のポケットからスマートフォンを取り出す。

スマートフォンケースは、帰国翌日に彼が返してくれた凛太郎の『凛』の字をメレダイヤでかたどったものに替えていた。

残業を二時間するので、迎えの時間を遅らせてくれという内容を送信する。

午後からも多忙さは変わらず、三つの会議に出席し、自分の業務も終わらせてひと息ついた。

時刻は十九時半前だった。区切りがいいところで切り上げて、パソコンの電源を落とす前に、鳴海にメールを送る。

少し早めに迎えにきてくれと伝えたら、五分で着くと返事が来て驚いた。

「え?」

自宅からだと、時間帯を考慮すれば、軽く倍以上はかかるはずと首をかしげる。

状況が摑めなかったが、とりあえず帰り支度を急いだ。通勤鞄を手に、まだ残っている数名へ声をかけてからオフィスをあとにした。

ビルを出てすぐの車道に停めてある黒い車に、長身が寄りかかっていた。

朝、送ってきてくれたときと服装は変わらないものの、夜なのでサングラスはかけていない。

凛太郎を見て片手を軽く上げ、車体から身を起こす。

足早に近づいていくと、後部座席のドアを開けて言われる。

「お疲れ。おかえり」

「ただいま。…って、どうなってるのかな？」

二時間の残業予定を伝えていたのにと、怪訝そうに告げた。

後部座席の上部に凛太郎が頭をぶつけないよう片手を添えた鳴海から、乗るように目線で促されて今は黙って従う。

路上駐車中なので、あまり長居はできないせいだ。

運転席におさまった彼がシートベルトを締め、車を発進させた。後部座席でシートベルトをした凛太郎があらためて訊く。

「どういうこと？」

「この近くで友人に会って、帰ろうとしたときにメールが届いたんだ」

「実は密かに僕に盗聴器をしかけてたとか、ずっと尾行して行動を盗み見てたわけじゃないか」

「違法行為はしない主義だ」

「僕だって、蒼士限定だよ。きみにだったら、ストーキングされてもいいのに」

「護衛のためなら、考えなくもないが」

「それでもいいから、前向きに検討してほしい」

「どこまでも真剣に変態道を勧めるおまえも、久々で楽しいな」

凜太郎のどんな言動にも動じず、受け入れてくれる恋人は寛容だ。

無愛想で歯に衣着せぬ発言が多いため、親しい相手以外には毒舌家と取られることもあるが、誠実さの表れにすぎない。

愛の言葉も容赦なく要求して取り立てていたけれど、嫌な顔はされなかった。

自宅に帰り着くと、長谷川と使用人たちに出迎えられる。

「おかえりなさいませ、旦那様。鳴海様」

「ただいま」

「長谷川さん、ただいま帰りました」

「お二人とも、ご無事でなによりでございます」

ポーカーフェイスの長谷川だが、つつがない帰宅を喜んでいるのは雰囲気でわかる。

進み出てきた使用人のひとりに通勤鞄を手渡した凜太郎がつづける。

「長谷川、ものすごくお腹がすいてるんだけど」

「お夕食の支度は、すでに整えております。無論、鳴海様お手製の料理です」

「考えただけで美味しそう。着替えたら、すぐに戻ってくる」

「かしこまりました」

鳴海とそれぞれの部屋に行き、まずは備えつけの洗面所で手洗いとうがいをする。

ウォークインクローゼットに移動し、スーツからアイボリーのVネックの長袖カットソーとグレーのチノパンに着替えて、階下のダイニングルームに下りていった。

ダイニングテーブルに座り、凛太郎の要望どおりに鳴海がつくってくれていたロシア料理を彼と一緒に堪能する。

「このビーフストロガノフ、道玄坂の店と同じ味だ。フォンドヴォーを使ってるからか、くどさがないのにコクはあって美味しい」

「及第点をもらえてよかった」

「ペリメニはモチモチだし、ピロシキはサクサク。どっちも中の具材はジューシーで絶妙な味わいだね」

「ちなみに、デザートはサツマイモのモンブランにした」

「エクセレント！」

スタンダードな栗もいいがサツマイモも最高と、天にも昇る心地になった。

収穫の秋というだけあって、この季節は本当に美味な食材が増える。

サツマイモのモンブランにも舌鼓を打ったディナータイムのあとは、朝の約束に違わず、いちゃいちゃを要求して鳴海とベッドをともにした。

これ以降も、仕事以外の時間はすべて恋人に当てた。

基本的には、仕事の話はしない。企業や官公庁が取引先という業務の性質上、機微情報が多くて最高レベルの守秘義務が課せられるからだ。

ＩＴについてけっこう詳しい彼は、話を聞いたらたぶん全部を理解できる。

それを承知のせいか、出勤したときの帰宅時間以外のことは訊いてこなかった。

そんな鳴海もたまに出かけるが、だいたい半日程度で帰ってくる。家族や友人、知人に会っていると聞いていた。

彼いわく、帰国後の仕事の準備を少しずつ進めているとか。

まだ詳しくは教えてもらっていないけれど、飲食店を始めるつもりらしい。

料理の勉強と修業で海外留学までしたのだから、当然と言えば当然だ。

おかげで遠距離恋愛が長かったので、鳴海がそばにいる日常がいまだに信じられない。

ふと視線が合うといった些細（ささい）な出来事でも、とてもうれしかった。

就寝時も必ず、凛太郎の部屋で寝ている。

くつろぐ際も、片時も離れないとばかりに寄り添っていた。

ただ時折、鳴海の様子が変なときがある。なんというか、凛太郎と一緒にいても、心ここにあらずといった感じなのだ。

四年ぶりにようやく会えたのに、テンションが低い気もした。

自分ひとりだけが盛り上がっているみたいだと指摘してみたら、気のせいだとあっさり返された。

「でも、僕ほど喜んでなくない？」

「そんなことはない」

「まさか、パリに気になる人でもいたわけ？」

「馬鹿を言うな」

「僕だけを愛してるって、誓えるんだね」

「もちろんだ」

「ちゃんと言葉で伝えてほしい」

「おまえだけを愛してる」

「僕が愛してるのも、蒼士だけだよ」

「ああ」

そんな受け答えをした数分後には、難しい顔つきになる鳴海を密かに訝った。

一年も早く帰ってきたことに、やはり理由があるのではと考える。恋人がうそをつけないタイプと言い切れないのが厄介だ。

ポーカーフェイスで秘密主義なのは、凛太郎への恋心を二年も隠していた過去で実証ずみだった。

彼に比べれば、自分はまだわかりやすい部類に入る。

たまにひとりになったとき、いろんな想像をふくらませては目を据わらせた。

鳴海の愛情が実はもう冷め切っていたらとか、浮気していたらと思うと、心がささくれ立った。

あくまで仮定と自らを宥め、そのつど、キスと愛の言葉を要求する毎日だ。

やはり、離れていた間もストーキングしていればよかったと悔やんだ。

そういう不安はあったが、恋人がそばにいてくれる事実に変わりはなかった。

物理的な距離が問題だったのなら、挽回するまでだ。以前のように、凛太郎といるのが日常という感覚を取り戻させてみせる。

鳴海と過ごせる幸せを自らに言い聞かせるようにしている凛太郎に、仕事が休みの日曜日の午後、彼が言う。

「そういえば、最近おまえがネットしてる姿を見てないが」

「仕事で資料を探したりする以外は、やってないね」

「家では、パソコンどころかスマホも触ってないな」

「蒼士に触れてるほうがいいし」

「たしかに、いつも身体のどこかを俺にくっつけてるな」

「本当は手錠かなにかで、きみとつながっていたい気分だけど」

「発想がいちいち背徳的でおもしろい」

「けっこう本気だから」

「知ってる」

おまえだしなと笑う逞しい肩に、額をこすりつけて甘えた。

凛太郎の部屋のソファに並んで座り、読書中の鳴海を飽きることなく、ずっと眺めつづけているところだ。

題して、『恋人同士の甘々な距離感すり込み大作戦』を絶賛展開中だった。

「どの角度から見ても、蒼士は文句なしにかっこいいね」

「欧米人の美形は圧倒的に美しいぞ。目鼻立ちの彫りの深さが違う」

「濃すぎる顔立ちは、僕のタイプじゃないし」

「そうか」

「それに、空間認識能力を応用した形認識(かたち)で、僕がきみの体重増減も五百グラムの誤差の範囲でわかるって知ってた?」

「ポテンシャルの高さは知ってたが、すでに異次元レベルだな」

「褒め言葉と受け取っておくよ」

「純粋に感心しただけだ」

突き放したように聞こえる発言にも、めげる気などなかった。

ふと手を伸ばし、鳴海の理想的なフェイスラインを人差し指で撫でてつづける。

「帰国後にジムで登録した数字に基づいたデータだと、身長は一八八・六センチ、体重は七十六・七キロ、体脂肪率は十一・三％だよね」

「たしか、そんなものだったと思う」

「たぶん今は、体重が七十六・二か三になってるはずだよ」

「へえ。少し減ったのか」

「うん。顎と腰のラインで見極めるのがポイント」

「すごいな。今後はヘルスメーターいらずで便利になる」

「蒼士メーターと呼んでくれていいよ」

呼びはしないが、言い得て妙だと笑われる。

増減があったら教えてほしいと頼まれ、熱狂的な鳴海ウォッチャーとしては大歓迎の依頼なので快諾した。

「俺はともかく、おまえこそ美貌に磨きがかかってる」

「パリで目が肥えてきたきみの審美眼にかなって満足だな」

「俺にとっては、おまえが誰よりも一番きれいだ」

「本気で言ってる？」

「疑り深いな」

「きみが魅力的すぎるせいだよ」

「その台詞をそっくり返す」

率直な想いを口にするのが普通なせいか、妙な照れはなかった。

少なくとも、凛太郎はそうだ。帰国前までは彼も同じと確信を持って断言できたのに、現在は微妙に自信が揺らいでいる。

互いの愛で、遠距離恋愛を乗り越えたはずだった。けれど、恋人の目を見る限り、今の言葉がうそとは思えなくて複雑な心境になる。

訊ねても本当のことを言ってくれる保証がないのが歯がゆかった。

一回ばかりか三回、凛太郎に対する愛情の件についてはすでに問いただしていて、『おまえだけを愛してる』と言われているので、さすがにもう蒸し返せない。

あまりしつこく食い下がって、喧嘩になるのは嫌だった。

かわりに、留学中の話を振る。パリ滞在中もモテていたようだが、詳細を今さら聞き出しても精神衛生上悪いのでやめた。

鳴海が不在だった間の、凛太郎の生活も訊かれて話す。

何度か名前が出た大学の友人や会社の同僚や部下に妬いている様子に、彼の愛情が感じられて気分が上がった。

鳴海の右腕に自らの両腕を絡め、端整な横顔を見つめて言う。

「あのさ、蒼士」

「なんだ？」

「来週こそ、デートしようよ」

「……ああ」

「神楽坂の甘味処めぐりとか、どうかな。美味しいあんみつが食べたい」

「週間天気予報だと、その日はたしか雨だった。家にいたほうがいい」

「………」

またもあっさりと躱されて、せっかく浮上した気持ちが台無しになった。

手を伸ばして鳴海の顎を掴み、自分のほうを向かせる。険しい目つきで恋人を見やった凛太郎が低めた声で告げる。

「どういうつもりかな」

「どうって、別に」

「最大瞬間風速が七十メートル超えの大型台風でも来ない限り、多少の雨くらいなら車でさくっと出かけられるよね」

「この一週間で、そういう台風が発生する可能性もある」

「確率論でいけば、どんな仮定だって成り立つよ。その日は、僕かきみが体調を崩すかもしれないとか、急な来客があるかもしれないとか、宇宙人が来襲するかもしれないとか、いくらでもなんとでも言える」

「宇宙人説はどうだかな」

「この際、地底人だって未来人だっていいし」

「どっちもないだろう」

「とにかく、僕とデートしたくないわけ？」

「それはありえない」

直(ただ)ちにきっぱりと否定した鳴海に、いくぶん苛々(いらいら)がおさまった。

長谷川に劣らず感情を面(おもて)に出さないので、真意を読むのは難しかったが、この問題ばかりは譲れない。

引き下がる姿勢は見せず、真正面からぶつかる。

「だったら、なんなのかな。いろんな理由をつけて、もう三回も断ってるくせに」

「おまえとの時間が、なによりも大事なんだ」

「なんだか疑わしい」

「本心だ。家だと、こうやって人目を気にせず、べったりできるしな」

「僕は外でも、いちゃいちゃしたい」

「限度があるだろ」

「そうだけど、きみと出かけたい」

「半月以内に望みが叶えられなかったら、憂さ晴らしに僕だけでも出かける」

「……わかった」

人知れずこっそりと言い添えると、眉をひそめられた。

凛太郎は単独の外出は全然平気だけれど、鳴海と長谷川は昔からいい顔をしない。

先日、会社の近くにあるホテルに杉浦とランチに行った際、タクシーを使ったと言ったときも、軽く説教されたほどだ。

「それだけは、やめてくれ」

「ひとりでも大丈夫なのに。きみも長谷川も心配性だな」

「万が一に備えてだ」

「子供の頃ならともかく、この年で誘拐はもうないよ」

「物騒な世の中だし、なにがあるかわからない」

「ちょっと過保護すぎないかな」

「万全を期すのがトップの務めだろう」

だから、誰も把握していない場所に、ひとりで出かけるなと重々言い含められる。

ほかの護衛を撒くのも絶対にだめだが、鳴海の目が届かないところに行くのは厳禁と強く念を押された。

「そのうちな」

束縛されたい想いが、なんとなく満たされた心地で満更でもない。

「まあね。きみがそこまで言うのなら、約束する」

「頼んだぞ」

「うん。じゃあ、とりあえず来週のデートはあきらめるよ」

「そうか」

離れていた分をまずは取り戻したいという考えには、基本的に同意だ。

一方で、ひさしぶりに会えて、せっかくそばにいられるのだからデートくらいしてもいいだろうとの本音も捨て切れない。

もちろん、彼の言うとおり、外でいちゃつくのが現実的に難しいのも承知だった。

意外とスキンシップ好きの恋人にとっては、家のほうがいいに違いない。気持ちはわかるけれど、デート願望はまた別の話だ。

気を取り直して再来週の予定を入れようとしたが、受け流された。

譲歩精神ゼロなのかと、顎から離した手で逞しい胸板を無言でたたいていたら、手首を摑まれた。

取り返そうとして叶わず、抱き寄せられて鳴海の大腿の上に横抱きにされる。

凛太郎の双眼を覗き込むようにして、彼が口角を上げた。

「今夜の夕食づくりのために、二人でキッチンに立たないか？」

「……僕が料理できないの知ってるくせに」

「俺が手取り足取り教える。時間もまだあるしな」

「そう簡単には、機嫌は直らないから」

「モンブランは無理でも、デザートにティラミスを一緒につくろう」

「う……」

わりと好きなデザートを挙げられて、早くも心が揺れた。

鳴海レシピのティラミスは、最高に美味なのだ。マスカルポーネチーズも好きだが、チョコレートをまぶしたアーモンドクランチの食感と、エスプレッソがたっぷり染み込んだビスキュイがたまらない。

味見と称して何度もつまみ食いしながら、ぜひ食べたかった。

こんな誘惑をする彼が憎たらしく、恨めしげに睨むと、さらに言われる。

「イタリアンなら、メインの一皿はゴルゴンゾーラとリコッタチーズのクリームソースをたっぷりかけた、かぼちゃのニョッキでどうだ?」

「……っ」

「あとは、そうだな。アクアパッツァ、自家製ベーコンとズッキーニのパスタ、ラビオリ、ミネストローネ、カルパッチョ、カプレーゼくらいか。ほかに、なにか食べたいものはあるか?」

「……ピカタとリゾット」

「了解。肉と米がほしいと」

「…イタリアンじゃないけど、飲み物はサングリアがいい」

「おまえの好物なんで、数日前に仕込んででた。それが飲み頃になってるはずだ」

「っ……」

グラスに注がれたサングリアを想像しただけで、のどが鳴ってしまった。

赤ワインにオレンジ、リンゴ、ブルーベリー、レモン、ハチミツ、ハーブとスパイスを入れた、これまた鳴海特製の凛太郎が大好きなレシピだ。

一緒に料理と菓子づくりをするかと、あらためて視線で問われる。迷っていたら、モンブランもつくると言い添えられた。

サングリアの仕込みとモンブランで、とどめを刺された心境だった。

それ以外のメニューもどれも美味しそうで、結局は食欲に負ける。

言いくるめられた感はありありだったが、彼といられるのがうれしいのも事実だ。

「……エプロンを貸して」

「決まりだな」

「仕事に支障が出るから、手を切らないようにしないと」

「刃物は使わせないから心配無用だ」

「だったらいい」

「長谷川さんにも食べてもらおう。おまえがつくったとなれば、きっと喜ぶ」

「美味しくできたらね」

「大丈夫だ」

太鼓判を押してくれた鳴海の膝から下ろされ、一階のキッチンに向かった。

レストランの厨房(ちゅうぼう)のような広いキッチンで、しばらくの間は彼がほかの料理をつくる下ごしらえを見学する。

初めて見るわけではなかったが、鮮やかな手つきを興味深く見守った。

以前よりも、格段に動きが洗練されている。勉強も修業も、本当に頑張ってきたのが実感できた。

すべての下準備をすませた鳴海の指導の下、手を白い粉まみれにしながら、ニョッキづくりに凛太郎が挑む。

料理に打ち込むうちに、彼に対する懸念も忘れていた。

恋人の手順を見ている分には簡単そうだったのに、いくらやっても、なぜかいびつなニョッキにしかならない。

恐ろしいほどの手際(てぎわ)の悪さと、自分の不器用さに心底呆れてぼやく。

「なんで、一口大の団子状にできないかな」

「大事なのは、見た目より味だ」

「食欲を損なう勢いの不格好さだよ。どことなく、手榴弾に似てるし」

「爆発はしないいから安全な上、味に影響もない。ソースは美味くできてるから安心しろ」

「たしかに、このソースはクリーミーで美味しいけど、ニョッキの出来はいまいちだって認めたね」

「鼻先と頬を白くしてるおまえが可愛いから問題ない」

「え？　……んんっ」

隣に立った彼が長身を屈めて顔を寄せてきて、唇を塞いだ。

不意打ちのキスに見開いた目に、悪戯っぽい色を湛えた黒い双眸が映る。舌を軽く搦め捕られたあと、わざと音を立てて啄まれてゆっくりと顔が離れていった。

唇を舐めて鳴海を見上げた凛太郎が、うっすらと微笑む。

「キッチンっていうシチュエーションも、案外いいかも」

「俺もありだとは思うが、キス以上のことは今はしないからな」

「すごく残念だけど、ティラミスづくりはセクシーレッスンでね」

「なんだって？」

「スポーツのコーチとかが、よくやってるやつ。背後から生徒を抱き込むような格好で、手に手を重ねて教える感じ」

「ああ。現代社会だと、確実にセクハラ認定されそうな指導法か」

「僕的にはハラスメントじゃなくて、魅惑のプレイだからＯＫ」

「そうか」

「二人で裸エプロンも萌えるけど」

「現状で、それは却下だ」

「わかってる。でも、いつかはやってほしい」

「はいはい」

約束すると笑いながら、彼がティラミスの材料と調理器具が並ぶ場所に移り、凛太郎の後ろに立った。

ヘラを持った右手を、大きな手で包み込まれる。

背中越しに感じる鳴海の温もりと、腰に回された左手にほくそ笑んだ。

恋人が講師のセクシー料理教室の楽しさに、ノリノリになる。

いけない気持ちになりそうなところも、アメージングだった。

目の前にあるチョコレートを指ですくい、彼の肌につけて舐めたい欲望が込み上げてきて小さく笑う。

「思い出し笑いか？」

「いや。チョコまみれのきみを僕が舐める卑猥な想像をしてただけ。マスカルポーネでも

いいんだけどね。どっちも濃厚で美味しいから、きっと蒼士風味のえも言われぬ奥深い味わいになるよ」

「いつか、俺も食う勢いだな」

「実を言うとね」

「なんだ？」

「もしきみに先立たれたら、剝製にして僕のそばにずっと置いておくか、遺骨をパウダー状にして食べるかで迷ってる」

「剝製にしたあげく、骨のパウダーも食べられるよりはましか」

「そっか。両方いけるんだ。なるほど。さすがは、蒼士！」

「なんにせよ、妄想込みで意外と楽しそうでなによりだ」

「ものすごく楽しい。また一緒に料理したい」

「いつでも」

屋内で過ごしたいという鳴海の意見にも、一理あると得心がいった。なんといっても、想像が逞しくなるものばかりに囲まれている。

キッチンは穴場だと再認識し、気持ちも新たに告げる。

「今度は、上手にできそうな気がする」

「期待しておく」

「キスと抱擁と適度な愛撫は常時、受けつけてるけど」

「おまえからもすればいい」

「しないわけがないよ」

「だよな。だが、手元への集中も忘れないでくれ」

「わかってる」

予想どおり、手榴弾もどきのニョッキより、ティラミスはうまく出来上がった。長谷川に食べさせたら、『大変、美味でございます』と世辞ではなく褒められて悪い気はしない。

鳴海がつくってくれたほかの料理とモンブランも絶品だった。


「じゃあ、また昼に。ローストビーフサンドのランチ、楽しみにしてる」

「任せておけ」

「仕事を頑張れの甘いキスをお願い。家の中だからいいよね」

「……まあな」

凛太郎にせがまれて、鳴海が苦笑しながらくちづける。唾液を交換する濃厚なくちづけには持ち込まず、軽く啄む程度ですませた。

唇をほどいて細い身体を少し強めに抱きしめると、耳元で囁かれる。

「愛してるよ、蒼士」

「ああ」

「今すぐ、きみが欲しいくらい」

「昨夜(ゆうべ)もしたのにか？」

「仕事に障るからって、一回しかしてない。しかも、軽くね」

「あまりすると、座ってるのがつらいだろう」

間近にある双眸を見つめてそう告げた鳴海に、彼が小さく肩をすくめた。

気遣われるのはうれしいがと前置きし、真剣な表情で言う。

「あの独特のけだるさを楽しむのが醍醐味(だいごみ)なのに」

「どこまでも欲しがりだな」

「紳士なのもいいけど、この頃の蒼士はちょっと消極的すぎるよ」

「そんなことはないと思うが」

「もう勘弁してって僕がベッドで泣きを入れても、無視して毎晩抱きつぶすくらい、もっとがっついてくる情熱を持ってくれないと」

「おまえを壊す気はない」

「あくまで、気持ちの問題だから」

「そうか」

「今夜は、全体的にハードな行為を希望」

「善処しよう」

「違うよ。実行あるのみ」

不敵に笑った凛太郎の頬を撫で、二階にある一室のドアの前で別れた。

リモートワークの日は、彼は朝九時には仕事用の部屋にこもる。

十二時になったら休憩に入り、ランチを食べたあと十三時から業務を再開し、十八時には終業を迎えるタイムスケジュールだ。

自宅でも、週に数回は一時間から二時間ほど残業することもあった。

四年ぶりに再会した恋人が社会人として立派に働く姿に、安堵を覚えている。

家業ではない仕事に就いた事実が心配だったが、本人や長谷川から話を聞く限り、周囲ともうまくやっているようで胸を撫で下ろした。

最も得意な分野を職業にしたのがよかったのだろう。

「公私ともに、パソコン漬けの生活だな」

ひとりごちた鳴海が苦笑し、同じフロアの自分の部屋に足を向ける。

彼が仕事中は、食事の準備と個人的な外出以外の時間は自室で過ごしていた。たどり着いたドアを開けて室内に入り、応接セットのソファに腰かける。

元々ゲストルームなので、凛太郎の部屋と比べると狭い。狭いと言っても、鳴海の実家で一番広いリビングよりも倍は大きかった。

つづきの間になっている寝室のベッドに、寝た形跡はない。

帰国してからずっと、彼の部屋で寝ているせいだ。

木目調のローテーブル上のノートパソコンを起動させ、パーカーのポケットから取り出したスマートフォンを机上に置いた。

「今日も、目立った動きはなしか」

ノートパソコンでメールをチェックしてから呟いた。

すぐに返信が必要なものだけ選(よ)り分けて、返事を書いていく。

自分も凛太郎も、いわゆるデジタルネイティブだ。生まれたときから、コンピュータが身近にある生活が普通で馴染んでいる。

父親に買ってもらったノートパソコンで、鳴海がプログラミングの勉強と実践を始めたのは小学校の低学年だった。

そんな自分をそばで見ていた彼も、自然と興味を持ったらしい。

最初はたどたどしくキーボードを打っていたが、日を追うごとにのめり込んでいき、瞬く間に上達していった。

幼稚園から英語を習い始めたせいもあり、言葉の壁がなかったのも人一倍ワールドワイドになれた一因かもしれない。

いつの間にか情報処理系の資格を取りまくり、独自のハッキング技術も磨いて、驚くべき短期間で高いスキルを身につけていた。

中学一年生の時点で、国内はおろか、世界でも屈指のハッカーとして名を馳せてしまった顚末だ。

この時期の凜太郎のやらかし逸話は、あげればキリがない。

「はあ？　法務省のサイトを書き換えた⁉」

「誤字があったから、訂正しただけだよ」

「だったら、メールフォームで指摘すればすむだろう」

「僕が直したほうが早いし」

「そういう問題じゃなく……って、そもそも不正アクセスだろ」

「コードもファイルの暗号化も脆弱なつくりのサイトで満足してる国のセンスを疑うね。海外のは、まだちょっとはましだけど」

「……まさか、世界各国の政府サイトにアクセスしてるのか？」

「大企業もね。腕試しにちょうどいいんだ」

「今すぐ、激しく高度なネットリテラシー教育が必要だな」

「蒼士?」

恐ろしすぎるチャレンジ精神に、もっと早くやっておけばよかったと猛省した。

とても楽しそうだったので、少しばかり、のびのびとさせすぎたようだ。

どれほど堅固なファイアウォールでも、易々(やすやす)と破って侵入できるハッキングスキルは天才的な才能にしろ、諸刃(もろは)の剣(つるぎ)だ。

未熟なだけに誰かに目をつけられ、悪用される危険性もあった。

当然ながら、凜太郎自身が犯罪者になってしまう可能性も充分に考えられる。

本人のためにも、優れた能力は正しく使う必要がある。

鳴海の懸命な説得の成果か、悪意前提や法律に触れる行為はよほどの理由がない限りしないというホワイトハッカーに落ち着いた。

それでも、インターネット回線さえつながっていれば、その気になった凜太郎にとっては地球上どころか、宇宙規模でハッキングできないシステムはおそらくない。

考えたくもないが、冗談抜きにイタズラの延長で軍事衛星を乗っ取って、世界中を大混乱に陥れるくらい朝飯前だ。

実際、それに近いことを軽くやってのけた前歴があるから侮れなかった。

そんな事情もあったので、ＩＴ企業に就職したとき以上に、警視庁のサイバー犯罪対策課のアドバイザーを引き受けたと聞いたときは、取り締まる側でよかったと心の底から安心した。

ハッキングスキルは日々向上しているはずで、寝た子を起こさないのが重要だ。

凛太郎には及ばないものの、鳴海もコンピュータに詳しいほうだ。

高校生の頃に開発したソフトやアプリで、現在も定期的な収入がそこそこある。それで留学費用もまかなった。

父親は大手警備会社に勤める重役で経済的に裕福な家庭だが、専業主婦の母親は倹約家だった。

必要最低限に散財は抑え、何事にも万全に備えておくよう堅実に育てられた。

父親の教育方針で三歳から武道を習っていたが、母親の影響でいろんなジャンルの物事にも関心を持って学んだ。

特に興味があったのが料理で、小学校高学年から料理教室に通い始めたほどだ。

おかげで多くの人と交わり、様々な価値観があると知った。

鳴海自身の金銭感覚や常識は、わりと普通に近い。片や、スーパーリッチな澤井家の内情にも通じている分、両方の感覚が理解できた。

そういう環境もあって、物心ついた頃からのつきあいの凛太郎とも話が合った。とはいえ、まさか彼と恋人になるなんて正直、思っていなかった。

自分のセクシュアリティがゲイだと気づいたのは早かったものの、凛太郎は幼なじみでしかなかった。

気が強くて手がかかるという認識でいたが、早い時期に素直なのもわかった。家族仲はよかった反面、公私ともに忙しい彼の両親は、国内外を飛び回っていて留守が多かった。

両親を笑顔で見送り、いなくなったら不安げに俯く姿に同情した。母親に言って凛太郎を自宅に招いて食卓を囲んだり、弟も含めて遊んだり、鳴海兄弟が澤井家へ泊まりにいったりし始めたのも、小学校に上がる前の頃だ。

大人ばかりが周囲にいた環境と違い、彼も楽しかったのかもしれない。

それまで以上に懐かれて、数年が過ぎていった。

たまに鳴海がつくった料理や菓子を、喜んで食べてくれるのがうれしかった。専属シェフがいる家で育ったせいか、子供のわりに含蓄に富んだ感想を言うのも参考になった。

舌の英才教育を受けた凛太郎から、ある意味、鍛えられたようなものだ。

彼が中学二年生の頃、鳴海がつくった料理を食べながら、ふと言われた。

「蒼士は料理づくりにむいてるんだね」

「そうか?」

「うん。周りへの気配りが上手だし、面倒見がよくて粘り強いから、繊細で美味しいものがつくれるんだと思う」

「ふうん…」

料理で自分を分析されたのは初めてだったが、新鮮でもあった。きちんと鳴海のことを見ているのだと知って、意外な気もした。

さらに、今にも消えてなくなりそうな微笑みを湛えて、つけ加えられる。

「信頼できる誰かがずっとそばにいるから、きみはそういう性格なんだろうな」

「リン？」

「普通は家族だよね。……それって、どんな感じなのかな」

「……っ」

遠くを眺めるような表情で、『うらやましい』とつづけられた。

不意に垣間見えた幼なじみの脆さに、普段の勝ち気さを知る分、ドキリとした。

相変わらず、彼の両親は留守がちだった。小さな頃みたいに、鳴海や弟が週末ごとに澤井家に泊まりにいくこともなくなっていた。

あの広大な屋敷に、ほぼひとり暮らしなのかとあらためて考えて、胸が痛んだ。それと同時に、これまで以上に強烈な庇護欲を覚えた。

誰も守ってくれないのならば、自分が守ってやりたい。あんな儚い微笑を浮かべさせないように、心の隙間を埋めてやりたいと思った。

この日を境に、凛太郎を見る目が徐々に変わっていった。

弱い面は鳴海にしか見せないとも知り、いちだんと惹かれる要因になる。

自らの想いを押しつけるつもりはなく、ゲイと知られること自体を避けたかった。ただ、そばにいて支えたい想いが強く、暇を見つけては会いにいった。

恋心を抑え込んだ二年後、彼の両親が不慮の事故で亡くなったのを転機に、恋人同士になった。

思いがけない事態だったが、両想いになれてうれしかった。

留学中の遠距離恋愛も乗り越えて、先日、凛太郎のもとに帰ってきた。

今後の仕事については、フランス家庭料理がメインのテイクアウト専門の小さな店を開業しようかと考えている。

フレンチを気軽に、自宅でのんびりと楽しんでもらうのがコンセプトだ。

朝から仕込み、夕方にかけて夕食用の料理を販売する。様子を見て、ランチを始めるかどうかも決めるつもりだった。

彼の臨時シェフを務める今、澤井家に食材を届けている取引先とツテができた。

具体的な話はまだまとまっていないが、近い将来、契約できればと思っている。

昨夜、そのプランを初めて詳細に話したら、渋い顔をされた。

「つまり、青年実業家になるわけ？」

「ただのシェフで、個人事業主だ」

「同じだよ。それで、僕のボディガードもしなくなると」

「仕事が決まるまでの一時的なものだって、言っただろう」

「専属シェフの話も受けないんだ」

「店が休みの日には、おまえが好きなものをつくってやる」

「…………」

「リン？」

露骨に不満そうな表情で黙り込んだ凛太郎を、鳴海が見つめた。

もう一度名前を呼んで先を促すと、嫌々というように口を開く。

「賛成したい気持ちはあるし、蒼士の腕なら絶対に成功すると思うけど…」

「けど？」

「きみ自身も、きみがつくる料理も独占したいから反対」

眉をひそめてそう答えられて、噴き出すのを堪えた。彼らしさにあふれた反対理由がおもしろかった。

口角を微かに上げた鳴海に、さらに言い添えられる。

「僕の反対を押し切って開店しても、店ごと買うし」

「むだ遣いだな」

「将来が有望な事業に投資するんだから、有意義なお金の使い方だよ。…ていうか、これだと、僕がオーナーになっただけで、根本的な解決にはなってない。蒼士がみんなのシェフになるのを阻止したいんだから」

「俺を一生、おまえの腕の中に閉じ込めておく気か？」

「できればね。きみの仕事は僕のそばにいることで妥協しないかな？」

「あいにく、ヒモになる気はないな」

「ぜひヒモになって、僕を一生縛ってくれていいのに」

「意味が違うが」

ユニークな反応に声を立てて笑ったら、笑い事ではないと憮然とされて、返事はいったん保留した。

実を言えば、今は店どころではなかった。

誰よりも大切な恋人を守るためにも、やるべきことがあった。そのために、帰国を一年早めたのだ。

凛太郎レベルのハイパーなハッキング能力を持っていなくて、無念だった。

おそらく、彼ならば自分よりも簡単に事を解決できるはずだからだ。

「嘆いても仕方ないな」

耽っていたもの思いから我に返って呟き、書いていたメールを送信した。その後、開いた別のウインドウを食い入るように見て、淡々とキーボードを打つ。

帰国した日、鳴海は凛太郎の大学の後輩の瀬戸と、凛太郎には内緒で会った。

インターネット電話で面識があるせいか、初対面でも和やかに話せた。大学卒業後もつきあいがあり、一時期は警視庁でも一緒に仕事をし、現在も凛太郎から可愛がられている瀬戸に嫉妬心がなくもない。

しかし、瀬戸が異性愛者なのもわかるので、余計な心配はしなくてすんでいた。

今回の帰国は、本来のスケジュールを想定よりも早く消化できたからと凛太郎には説明したが、事実とは異なる。

普段、彼の警護を担当している警備会社の護衛だけで対応するには難しいと思われる緊急事態が発生したため、至急帰ってきて鳴海にも協力してほしいとの連絡が長谷川から秘密裏に届いたせいだ。

その詳細は、いわゆる闇系サイトに凛太郎の殺害依頼と写真、勤務先と自宅の住所と連絡先が書き込まれていたというものだった。

発見したのは、警視庁サイバー犯罪対策課所属の瀬戸だ。

いつものように、業務で闇サイトをパトロール中に見つけたらしかった。

即座に運営元のプロバイダーに削除を要請し、書き込みは削除された。

ただし、すでに拡散していて、イタズラも含め、別の複数の闇サイトに彼の殺害予告が書き込まれる事態になっていたとか。

　国内有数の大企業のＣＥＯが標的とあり、警察も事態を重く受け止めているようだ。その一方で、澤井家の顧問弁護士と鳴海の父親、長谷川で話し合い、あまり事を大げさにしたくないと警察に申し出た。

　マスコミに取り上げられて騒がれると、かえって目立つ。凛太郎の素性が下手にばれるのを避けた防衛策だ。

　顔を合わせたとき、瀬戸は挨拶を除いて終始、深刻な面持ちでいた。

「先輩が澤井グループのトップだと書き込まれていなかったのは、せめてもの救いですが、油断はできません」

「今度は、それを書き込まれる心配を？」

「はい。目を光らせていますが、なにしろサイトの数が多いので」

「わかります。瀬戸さんが発見してくださっただけでも、ありがたいことです」

　書き込まれた翌日に見つけたのだ。おかげで、こちらとしても早く対応策を取れると礼を述べた。

　瀬戸のハッキング能力を最大限に活かしたいが、やりすぎると上司に睨まれるので悩ましいと溜め息をつかれた。

「もっと力になりたいんですが」

「充分、なってくださっていますよ」

「いえ。つまり、法律を無視していいなら、今以上にガンガンやれるんです。おれの肩書きが許さないだけで…」

「なるほど」

凛太郎と瀬戸が、ハッカーつながりなのを思い出した。

ITに精通する彼らは、最初はハッカー仲間だったらしい。顔を合わせないままインターネット上で数年間交流し、大学でゼミの教授を通じて知り合った際に偶然、互いの正体が判明してリアル社会でも友人になったとか。

なんでも、凛太郎を『神』と崇める勢いで、ずっと憧れていたのだそうだ。

そんな経歴を持つ瀬戸が、今は警察という組織に縛られているので、違法行為ができなくてもどかしいようだ。

「本当は澤井先輩に事情を話したいんですが、自分の殺害依頼と聞いたら、さすがに冷静ではいられないでしょうし。それに、なんと申しますか……その、どういう武勇伝をつくるか、じゃなくて……反応をなさるか、ちょっと…」

「わかります。怯(おび)えるなんて、まずありえません。生来のタフさを遺憾なく発揮するのが目に見えています」

「ですよね！」

鳴海の返答に同意を得られたとばかりに、瀬戸がカフェのテーブルに身を乗り出してつづけた。

自らを進んで危険にさらしておとりになるばかりか、神業レベルのハッキングスキルを駆使して大暴走する。

殺害依頼を書き込んだ本人だけでなく、イタズラで書き込んだ人々もひとり残らず調べ上げて、無謀にも直接報復しそうだと力説された。

「優美な見た目によらず、大胆すぎるほど強気なので」

「澤井の性格をよくご存知だ」

「もちろん、優秀なホワイトハッカーとして頼りになる方なのも承知です」

「ええ」

今回の一件も、凛太郎であれば短時間で書き込み犯を特定できるはずと呟かれた。かといって、殺害依頼の書き込みをされた対象を別の人間にすり替えて彼に調査を頼もうにも、能力の高さが災いして、カラクリを見破りかねない。

「ですので、澤井先輩ではなく長谷川さんに連絡を入れさせていただきました」

「正しい選択だと思います」

瀬戸が送ってきた書き込みのコピーを見た長谷川が、顧問弁護士ともども直ちに鳴海の父親に相談を持ちかけた。

事態を把握した二十分後には鳴海を呼び戻すと決まり、自分に連絡が来た経緯だ。

「明朝、早速プライベートジェットを手配させていただきます」

「待ってくださいい、長谷川さん」

「もしかして、今夜のうちがよろしかったでしょうか？」

「いえ」

「ああ。成田からも自家用ヘリをご用意いたしますので、ご心配なく」

「あの、ご厚意は大変うれしいのですが、民間機と公共交通機関で帰りますので」

「ですが…」

澤井家所有のプライベートジェットとヘリコプターを飛ばすと、あっさり告げた長谷川を慌てて止めた。

早い帰国は望ましいものの、あまりおおげさなことは困る。

プライベートジェットを利用したせいで、自分の帰国が凜太郎にばれるかもしれないのでと丁重に断ると、長谷川も納得してくれた。

知らせを受けた鳴海も、帰国に迷いや心残りはなかった。

働いていたビストロに、すぐさま話をつけて仕事を辞めた。

二十四時間体制で、しかも期間未定で凜太郎を警護するとなると、いつ留学先に戻ることができるかわからない。

一時帰国はかえって先方に迷惑をかけると判断し、留学自体を切り上げることにしたのだ。すでに、師匠からのお墨付きももらっていた。

残りの一年は帰国して都内で店を開くか、パリにとどまって師匠の支店のシェフをしないかと打診されていた段階だった。

前者を選ぶと告げたら、師匠は励ましの言葉とともに快く送り出してくれた。その日のうちに飛行機のチケットを取り、大急ぎで帰国して今に至る。

そもそも、厳戒態勢で常に誰かがそばにいるのは、人間不信の彼にとっては難しい。外出するときだけ護衛がつくのとは、わけが違う。そういう意味でも、絶対的な信頼を置かれている自分が適任だった。

元々同居していたので、ずっとそばにいても凛太郎は気を張ることがない。

実際、帰国して半月ほど経ったが、鳴海が帰ってきて以後、際立った事柄は起きていない。強いて言えば、澤井邸の周辺を不審者がうろついたり、イタズラ電話がかかってきたり、差出人不明の荷物や封書が届いたりといった程度だ。

長谷川と自分で対処したあとは、警察に任せていた。

鳴海のほうでも、独自に犯人追跡を試みている。

ノートパソコンの画面の、いくつも開いたウインドウのひとつに表示された膨大な数字と文字列を目で追って、指を動かしながら呟く。

「またトラップか」

鼻を鳴らし、しばらくキーボードをたたきつづけた。適切な対処をすませて、ソファの背にもたれかかる。

天井を仰いで目元を片手で覆い、深く息を吐いた。

瀬戸が言っていたとおり、凛太郎の素性が表沙汰にならなかったのは不幸中の幸いだ。知る人間が限定されていることもあって、これまでは目立った騒動はなかった。だから、自分も留学に踏み切れた。

もしかしたら単なるイタズラの可能性もあるが、彼の命にかかわることなので楽観視はできない。

サイバー犯罪対策課の係官たちの捜査で、今回の書き込みにかかわった人物全員のＩＰアドレスから本人が突き止められた者には、速やかに逮捕状を請求したらしかった。

まだ本人にたどり着けていないのは、殺害依頼の書き込みをした張本人だけという。

この犯人が厄介で、かなり高度なＩＴスキルの持ち主と断定されていた。瀬戸を含めた精鋭集団の追跡を躱せる狡猾(こうかつ)さだ。

「リンほどではないだろうが」

凛太郎以上のハッカーならば、彼の素性もハッキングずみだろう。

情報を小出しにするつもりにしては、そこだけ抜けているのは妙だった。誰もが一番、興味を持ちそうなネタだからだ。

もし、あえて書かなかったとなると、書き込み犯は誘拐犯にもなりうる。

身代金目的で凜太郎を狙うために、陽動作戦で闇サイトに書き込んだとも考えられた。

「……複数犯説も浮上するか。瀬戸さんと、また会わないとな」

今回の件について瀬戸に電話やメールをしないのは、ハッキングに備えてのことだ。それ以外の用件は、瀬戸以外の相手とも普通にやりとりする。

パソコンやスマートフォンは警戒しているが、今はカーナビといった家電製品もインターネット回線とつながっていて油断できない。

当然ながら、澤井邸の中にあるものと澤井家所有の車は、購入当初に凜太郎が頑強なプロテクトを施していた。

念のための用心で、鳴海と長谷川で数時間置きにチェックしている。

現時点で、ハッキングされた形跡はなかった。

こういう事情なので、凜太郎の仕事がリモートワーク中心なのは助かる。自宅から出る機会が少ないほうがリスクも減るからだ。

彼が誘ってくるデートも、こんな状況では応じるのが難しい。

書き込み犯の追跡に加えて、犯人が次になにをしかけてくるかと気を張っている。そのせいで、恋人との再会を手放しで喜べずにいた。

ふとした拍子に事件について考え込んでしまい、上の空になる。

こんな状況でさえなければ、自分も思い切り愛を確かめ合いたかった。ただし、深刻な事態だけに、どうしても凛太郎だけに集中できないのが本音だ。

さすがに彼にも気づかれて、不審に思われている。

想いに温度差があるとか、ありえない浮気疑惑までかけられて悩ましかった。

本当のことを言えなくてどうにかごまかしてきたものの、ついに限界が訪れた。

昨夜、鳴海の今後の仕事の件で不機嫌になった恋人を宥めるのに、デートをすると約束したのだ。

「撤回は無理だろうな…」

今朝もずっと上機嫌でいたし、あの笑顔を曇らせるのは忍びなかった。

あまり渋りつづけて、ひとりで家を抜け出されても困る。もし取りやめたら、ありもしない疑いをまたかけられるだろう。

一度デートすれば、凛太郎も気がすむはずだ。

追跡調査は今日はこれでやめて、午後からは外出することにした。

まずは、父親が勤める警備会社を訪ねて、デート決行日の土曜日の警護について早急に話し合う。

行き先はわかっているので、安全なルートを徹底的に確認する。

通常は二人の護衛を倍にして、自分たちのあとをついてきてもらう手筈を整える。

まさしく、要人クラスの警護を敷くつもりだった。

立ち寄る場所は漏れなく、危険がないか、人や車の流れはどうかなど、事前に細かく下調べを行う。

彼らとの打ち合わせを終えたら、瀬戸へ会いにいく。

情報を共有して、出かけることも知らせる。ただ、警察でも警備会社でも、関係者から思わぬ形で情報が漏れる可能性は常にあった。

犯人の目的が定まらず、人物像も絞り切れない分、頭が痛い。

唯一の手がかりは例の書き込みしかなくて、それからたどるしか方法はなかった。

なんにせよ、捜査に進展があるまでは、凛太郎の身辺に細心の気を配る。

視線を正面に戻した鳴海が、ノートパソコンの画面で時間を確かめた。十時三十四分と読み取り、伸びをして言う。

「そろそろ、昼めしをつくりにいくか」

ノートパソコンの電源を切り、スマートフォンをパンツのポケットにしまった。

ソファから立ち上がり、部屋を出てキッチンに向かう。

腕まくりして手をしっかりと洗い、エプロンを身につけて調理にかかった。

リクエストされていたローストビーフサンドイッチに加え、卵サラダとキュウリのサンドイッチ、だし巻き卵のサンドイッチ、ポテトフライ、クラムチャウダー、ゴボウチップスとレンズ豆とササミとひじきとロメインレタスのサラダ、ロイヤルミルクティー、カスタードプリンを時間内に仕上げた。

正午を五分ほど過ぎて、仕事部屋まで呼びにいった長谷川とともに、ダイニングルームにやってきた凛太郎が歓声をあげる。

「全部、すごく美味しそう！」

「食べてみないと、味はわからないぞ」

「一目で美味しいってわかるし。同僚に感想の教え甲斐があるよ」

「三輪ってやつか。それとも、杉浦？」

「よく覚えてるね」

「おまえの話に何度も出てくるからな」

「杉浦さんのほうだよ。同じチャットでやりとりするにしても、三輪さんとはそこまで個人的な話はしないから。まあ、杉浦さんもそうなんだけど、妬いてるきみは可愛い」

うれしそうな顔を隠さない彼のほうが、はるかに愛らしかった。

デートが決まったからか、やはり機嫌がいい。

長谷川は口を挟まず、微笑ましげに見守ってくれていた。どうもと応じて、話をもとに戻す。

「冷めないうちに食べるといい」

「うん。いただきます」

「長谷川さんの分も、あちらに用意してありますから」

「ありがとうございます、鳴海様。のちほど、いただかせてもらいます」

「どういたしまして」

凛太郎の給仕をする長谷川から、丁寧に礼を言われた。

主人と同席するのはもってのほかという執事の鑑(かがみ)に微笑み返して席に着き、凛太郎と昼食を摂(と)る。

「このローストビーフ、火の通りが絶妙だよね」

「そうか」

「卵サラダも、レストランとか市販のものと比べて、蒼士特製のマヨネーズがレモン風味だからかさっぱりしてて、いくつでもいける」

「ほどほどにしておけ」

「ん～……きみがつくるだし巻き卵は、やっぱり絶品だね。口の中でじわっと染み出てくるだしと、芥子(からし)マヨネーズのコラボが秀逸！」

ほかの料理についても、昔同様に細かい感想を言ってくれる。

すべてが大絶賛で、毎回こんなにも喜んでもらえて、つくり甲斐があった。

食後に早速、鳴海は外出した。午後一番で会った警護担当者と、翌日も出かけていってじっくりと相談を重ねた。

問題の土曜日は、すぐにやってきた。澤井邸を出る予定の時間は十時半だ。綿密な打ち合わせどおり、護衛は鳴海が運転する車の後ろを車一台、バイク一台でついてくる段取りになっている。

あくまでも、凛太郎にはばれないような行動を取るのが必須だった。朝食のときから喜色満面な恋人に、鳴海は内心の緊張感は隠しとおす。とはいえ、ピリピリムードは滲み出ているらしく、宥めるように言われる。

「せっかくのデートなんだから、もっとリラックスしなよ」

「そうだな」

「うん。ニヒルな笑顔だけど、僕の蒼士はなにを着ても見蕩れるくらい素敵だね」

「おまえも、よく似合ってる」

凛太郎のスタイルは、いつも品のあるトラディショナルコーディネートだ。

アイボリーのボタンダウンシャツにモスグリーンのニットを合わせ、ネイビーのパンツを穿いている。

靴はチャッカブーツ、鞄はレザートートを合わせていた。

鳴海のほうは白のシャツにチャコールグレーのジャケット、黒のボトムだ。

運転用にグレーのレンズのサングラスをかけ、どんな状況だろうと走れるように、靴は黒のスニーカーだ。

いつでも両手が使えるように、財布などの貴重品類を入れているのは黒のボディバッグだった。

事情を知っている長谷川と、使用人たちに見送られて正面玄関を出る。

ちらりと腕時計に視線を落としたら、出発予定の十時半を十分くらい過ぎていた。想定の範囲内で焦りはない。

今日は会社に行くのではないからと、希望された助手席へ凛太郎を先に乗せた。

運転席に鳴海も乗り込み、互いにシートベルトを締めてから発進する。自動開閉式の門を出てほどなく、ルームミラーに地味な国産車とバイクが映った。

全身黒ずくめでは逆に目立つかもしれないので、四人の護衛には周囲に溶け込みやすい服装でと頼んでいた。

彼に顔を知られている担当者は、今日は外れている。

本当は彼らとやりとりするためのインカムをつけたかった。凛太郎に怪しまれる危険は冒せず、苦肉の策でスマートフォンに三十分ごとに周辺の状況を知らせるメッセージを送ってもらうようにした。

鳴海からは、基本的に返信しない。彼に気づかれないようチェックするだけだ。

車二台か三台分の間隔を置いて、ついてくるのを確認したところに、朗らかな声がかけられる。

「爽やかな秋晴れで、絶好のデート日和(びより)だね」

「まあな」

「今日の蒼士も、みんなが振り返って二度見どころか、三度見、四度見しそうなイケメンぶりだよ」

「おまえは、ガン見されそうに美しい」

「きみが帰ってきて初めてのデートだから、おしゃれしたし」

「俺も、それなりに」

周囲の状況把握に全神経を尖らせつつ、彼と会話も交わす。かなりの集中力が必要だが、どちらもなるべく自然体でやらなければならなかった。

鳴海の横顔を熱心に見つめてきながら、凛太郎がつづける。

「手始めは、銀座でランチ」

「トラフグづくしのコースだったな」

「うん。初競りのニュースを長谷川に聞いて、食べたかったんだ。まだ昼だし、運転手の蒼士は飲めないから、ヒレ酒はやめておくけど」

「かわりに、白子と唐揚げをたらふく食べると」

「そのとおり」

「俺がいない間に、ヒレ酒の味を覚えたか。じゃあ、ヒレ酒用のヒレを店に頼んで持って帰ったらどうだ。家でつくってやる」

「本当に⁉」

「ああ」

「超うれしい。それなら、きみも一緒に飲めて最高！」

声を弾ませた凛太郎が、美味しい日本酒を取り寄せると張り切った。

予定では、ランチのあとは先月にオープンして間もないメンズファッションビルに寄る。来月に控えた鳴海の誕生日に備えて、プレゼントの下見をしたいらしかった。

外商が自宅に出向いてくるデパートには置いていない、オープニング記念の品物があるという。

昼食と買い物のあとは日比谷公園で紅葉狩りをしながら、二人でゆったりと散策する。その後、神楽坂に移動して甘味処に行き、おやつとしてあんみつとわらびもちを食べるというスケジュールだ。

すべての場所については、抜かりなく下調べをすませていた。

休日でほどほどに混んでいる道路を走り、十一時半前には最初の高級割烹に着く。

案内された広めの個室で、凛太郎が早速、トラフグづくしのコースと持ち帰るためのヒレ酒用のヒレを頼んだ。

ヒレのテイクアウトを快諾されたせいか、彼の機嫌はさらによくなる。

しばらくして運ばれてきた料理に、そろって箸をつけて舌鼓を打った。

「フグの唐揚げって、味は淡泊なのになんでこんなに美味しいんだろ」

「ふわふわの食感も独特だな」

「うん。白子もとろとろでクリーミーだから、やみつきになるよね」

「てっさと鍋も美味いぞ」

「締めの雑炊も、フグのだしが出てて大好きなんだ」

鳴海も四年ぶりのフグを堪能し、二時間ほどで店を出た。

再び車に乗り、メンズブランドばかりがテナントとして入っているファッションビルに向かう。

到着後、地下の専用駐車場に車を停めた。

外したサングラスをケースにしまった鳴海が、ダッシュボードに置く。車を降りて、そこから二人でエレベーターに乗って上階にのぼった。

凛太郎のお気に入りブランドは、昔から決まっている。

鳴海のバースデープレゼントとは別に、今日はスーツに加えてネクタイピンやカフス、チーフ、財布といった小物類を主に見て回っていた。

店員に勧められて、香水もいくつか香りを確かめる。

「この香り、どう？」

「おまえに合ってる気がする」

「こっちは？」

「長谷川さんのイメージだ」

「言われてみれば、そうかも。じゃあ、これは長谷川に買っていこう。……いや。それはいいとしてだよ」

「ん？」

「きみは香水は……って、シェフ的には、こういう香りは料理の邪魔になる？」

「そういうことだ。気持ちはありがたいがな」

「気にしないで」

違うものにすると答えた彼が、好きなブランドで自分用のスーツを五着、ネクタイを十本、チーフを十枚、靴を三足、ネクタイピンとカフスを数個ずつ、長谷川の香水も購入し、自宅に送ってもらう手続きをした。

オープニング記念の本革のＩＤカードホルダーも気に入ったらしく、買っている。

この程度は、凛太郎にとっては軽いショッピングだ。しかも、会社に出勤するときに必要なアイテムといった認識だろう。

ここにある品物を全部買うと言わなかっただけ、ましだった。

満面に笑みを湛えた店員に見送られて、エレベーターのほうに足を向ける。

オープンしてひと月足らずとあり、客足は多かった。

「あとは、一階の時計のコーナーか」

「うん。腕時計が見たくてね」

「おまえが愛用してるブランドだったな」

「買うかどうかは別として、ここの店限定のモデルを出したみたいなんだ」

「なるほど」

彼と話しつつさりげなく周りを見回すと、客のふりをした護衛の姿が視界に入る。今のところ、異常なしというメッセージばかりが届いていた。

鳴海の上腕に、ふと凛太郎がわざと肩を触れさせて見上げてきて小声で言う。

「やっぱり、屋外デートも最高だね」

「楽しんでるなら、なによりだ」

「思いっ切りベタベタできないのは、かなりストレスだけど」

「ストレス発散のために、むだ遣いしすぎるなよ」

「長谷川への土産（みやげ）以外、仕事で使うものしか買ってないよ」

「そうだな」

「きみに着せたい服がけっこうあったから、あれを全部、色違いで買うつもりだよ」

「俺に余計な金は使うな」

「恋人のためになら、湯水のように使いまくりたい僕の気持ちがわからないかな」

「金をかけてくれなくても、おまえさえいてくれればいい」

「またそうやって、不意打ちで心臓を鷲掴（わしづか）みにすることを言うんだから…」

まるで胸を銃弾で撃ち抜かれたような苦しげな表情でぼやかれた。

よほどデートに浮かれているのか、鳴海の態度や言葉尻を捉えて不信感をぶつけてくることもない。

うれしさと困惑が入り交じった感情のせいか、頬が微かにひきつっていた。そんな凛太郎に苦く笑い、立ち止まってエレベーターを待つ。

鳴海の言葉は理解できるが、自分で稼いでいるのだから使い道は自由とか、愛情を金で計っているつもりはまったくないとか、明日死ぬかもしれないのに買いたいものを我慢するのは理不尽とも呟かれた。

「『宵越しの金は持たぬ』がモットーだし」

「貯蓄精神ゼロか」

「『金は天下の回りもの』だよ」

「たしかにな。まあ、浪費家と倹約家って、絶妙なカップルかもな」

「価値観の相違で、嫌にならない？」

「おまえは、俺が嫌か？」

「まさか」

「俺もそんなことはないから、なんの問題もないだろ」

「互いを尊重し合ってる結果かな」

双眸を細めた彼がそう結論づけたタイミングで、到着音が鳴った。

エレベーターの扉が開き、降りる人を待って乗り込む。目的階のボタンは、すでに押されていた。

扉が閉まる直前、護衛たちがエスカレーターに向かうのを視認する。

行き先は彼らも承知なので、先回りするつもりなのだ。

独特の浮遊感に包まれて、エレベーターが下降し始めたのを悟る。

三階分のフロアを通過した直後、エレベーターが不意にガタンと大きく揺れて唐突に停止した。

「うわ⁉」

「きゃ……!」

「な、なんなのっ?」

「……っ」

乗り合わせた人々の悲鳴や、一瞬息を呑んだ音が聞こえた。

隣にいた凛太郎を咄嗟に引き寄せ、自らの身体と壁の間に囲う。身構えた鳴海の鎖骨あたりに顔を寄せてこられたが、そのままの状態で万が一に備えた。

すぐに、皆がざわめき出した。入口付近にいた誰かが非常用ボタンを連打しながら、外部に通じるマイクに叫ぶ。

「ちょっと!　いきなり止まったけど⁉」

「新築のビルなのに、どうなってんだ?」

「やだ。怖いんだけど…」

「早く助けに来てください!」

「……このまま落ちるなんてないよな?」

「怖いこと言うなよ!」

各自が思っていることを率直に口にし始めた。

狭い空間に閉じ込められて、高まった不安が広まっていっているようだ。

スマートフォンを取り出して警察や消防に通報したり、家族や友人に電話をかけたり、メールを送ったりする人が大半の中、動画を撮るツワモノもいた。

この間に、二回も揺れて落下の恐怖が現実味を帯びる。もしも地上にたたきつけられるような事態になれば、まさしく大惨事だ。

凛太郎の顔の真横に左肘をつき、右腕は彼の腰に回して庇う体勢を取った。

胸元を両手で摑んでくる恋人を宥めたくて、腰付近を撫でる。

あまり長引くと、体調を崩す人も出てきかねなかった。

ほどなく、ビルのメンテナンス関係者と思しき人間の恐縮し切った声が、マイク越しに返ってくる。

「大変、申し訳ございません。お客様におかれましては、多大なご迷惑をおかけいたしております。早急に復旧させますので、もうしばらくの間ご辛抱いただき、お待ちいただけますでしょうか」

「しばらくって、どのくらいだよ！」

「そうよ。きっちり時間を言って」

「停まってから、もう五分は経ってるぞ」

即行で言い返すのは、仕方ないのかもしれなかった。こういう事態に遭遇し、冷静でいられるタイプのほうが少ないだろう。

意外と静かにしている凛太郎の耳元に、鳴海が囁きかける。

「大丈夫か?」

「うん。でも、珍しいね。日本製のエレベーターは優秀なはずなのに」

「落ち着いてるな」

「うろたえて、どうなるものでもないし。それに…」

「ん?」

「不謹慎だけど、きみと同時に死ねるなら本望だよ」

「まだおまえにつくってない料理もあるのに、死んでたまるか」

「前言撤回。激しく同意。絶対に食べる!」

「だよな」

「もちろん。ロマンティック思考は、ちょっと修正。蒼士と一緒なら、どんなアクシデントも楽しめる」

「新手のアトラクションじゃないぞ」

「わかってる。僕のお楽しみはこれだよ」

「……おまえな」

鳴海の肩口に鼻先や額を埋めたり、頬ずりしてこられる。

恋人がどさくさまぎれに、鳴海へ触れられるのを喜んでいるのがわかった。

内心で溜め息をついて、いざというときの出口を探す。

普通に考えれば天井かと上を眺めたあと、視線を扉の方向に向けた。

階数ボタンが並んだパネルをなにげなく見て、眉をひそめる。鳴海のほかにもそれに気づいた人がいたらしく、騒ぎになった。

「なんだ、あれ？」

「どういう意味だよ。誰に対して言ってるんだ？」

「これとは関係ないんじゃないの」

「どっかのブランドのキャッチコピーでしょ」

「それっぽいな」

ドアの横の階数が表示される液晶ディスプレイに、『ワタシハ　ダレ？』という文章が一文字ずつ繰り返し表れていたのだ。

たしかに、ブランドの広告文に思えなくもなかった。

オープンしたばかりなので、サプライズ的な趣向を凝らしていてもおかしくない。あらゆる設備が最新ならば可能だろう。その場合は、この表示とエレベーターの停止は無関係と考えられる。

単なるメンテナンス上の事故なのか、どちらもハッキングによる故意のものか、判断に困った。

もし例の書き込み犯の仕業だとすれば、現状は極めて危険といえた。

警戒も虚しく、今日の外出を知られていた上、犯人の手の内にみすみす陥ってしまった状況だ。

ビルの中に入って以降は、防犯カメラをハッキングして凛太郎の行動を盗み見し、エレベーターのシステムにも不正にアクセスした犯行という仮説は成り立つが、どちらにせよ断定はできない。

訪れた際もエレベーターに乗ったものの、何事もなかったので油断した。

「!」

不意に、鳴海のスマートフォンが震えた。

緊急なので凛太郎の前でポケットから取り出して見ると、事態に気づいた護衛からの連絡だった。

確信は持てないが、原因はハッキングの可能性もある。

瀬戸に連絡を入れてほしいと返して数秒後、『了解』とのメッセージが届いて、とりあえずスマートフォンをしまった。

見ていた彼が、首をかしげて訊ねてくる。

「誰かから着信?」

「長谷川さんだ」

「なんて?」

「明日、荷物が届くって知らせてたから、その返事だ」

「僕がさっき買った服のこと?」

「ああ」

「きみも長谷川も、まめだよね。もしかして、この状況も?」

「一応な」

何食わぬ顔でとりつくろった。あとで長谷川とは話を合わせるつもりだ。

不可解な表示を見ても、凛太郎は『凝った演出だね』と感想を言っただけで、気にした素振りはなかった。

二十分ほど過ぎた頃、関係者が再び恐縮しきりでマイクを通して言う。

「大変、長らくお待たせいたしました。ただ今よりエレベーターが動きますので、ご注意なさってくださいませ。最寄り(もよ)りの階で停止させます」

エレベーターの中にいる全員が安堵の溜め息をついた。

また着信を知らせる振動に鳴海が気づき、スマートフォンを出して見る。護衛ではなく、瀬戸からのメールだった。

護衛経由の連絡を受けて、警視庁のサイバー犯罪対策課が介入する寸前、ビルの管理会社がトラブルを解決したらしい。

通報があったことを口実に事情を訊ねたら、システム障害と答えられたそうだ。

ハッキングの有無については、調査中と回答されたとか。

なにはともあれ、事なきを得てよかったと胸を撫で下ろす。

「言っておくけど」

「なんだ」

「残りのスケジュールも決行だから」

「はいはい」

肩をすくめて了解と告げ、長谷川宛ての名目で瀬戸と護衛にメッセージを送った。前者には無事と、後者には予定強行という内容だ。

取りやめたかったたが、屋外の公園と路面店の甘味処はどうにかなるだろうと判断した。楽しそうな凛太郎をがっかりさせたくはなかった。それでも、最大限の警戒は怠らないつもりでいる。

ほどなく動き出したエレベーターが着いた最寄りのフロアで降りた。

エスカレーターで一階まで行き、彼の希望にそって目当てのショップで時計を見たあと、駐車場に向かう。

いちだんと張りつめた雰囲気で周囲を意識していたので、二度、顔を両手で挟まれて『僕をちゃんと見て』と真顔で注意されて苦笑した。

とりあえず、何事もなく紅葉狩りと和菓子を楽しんだ。

甘味処でどら焼きと栗蒸し羊羹(ようかん)、栗大福を土産に買って、満足そうな顔つきの凛太郎と帰途についた。

起こしにきた長谷川と連れ立って凛太郎が一階のダイニングルームに赴くと、いつ見ても眼福な恋人が食卓で待っていた。

日曜日で寝坊ぎみとあり、時刻は十一時を回っている。

昨日のひさしぶりのデートではしゃいで、多少、疲れたせいもあった。平日よりも激しく愛を確かめ合ったせいもある。

「おはよう、リン」

「蒼士、おはよう」

鳴海は毎日、自分よりも一時間以上早くベッドを抜け出す。

心づくしの豊かな朝食をつくってくれるためだ。もちろん、昼と夜も料理の腕を存分にふるってくれる。

「今朝のごはんも、彩りが鮮やかですごくきれいだね」

「朝食兼昼食なんで、腹をすかせてるかと思ってな」

「だから、いつも以上に品数が多いんだ」

「つくりすぎたか？」

「ううん。完食できる範囲だよ」

「いつもながら、頼もしい胃袋だ」

長谷川が引いてくれた椅子に座り、ダイニングテーブルに並べられた豪華なブランチを眺めた。

鳴海の解説によると、生クリームを添えたアールグレイティー風味のパンケーキ、スクランブルエッグ、シャンピニオンブルストのソテー、チキンとパプリカのゼリー寄せ、特製ドレッシングで食べるグリーンサラダ、数種類の刻んだベリー入りのヨーグルト、ベーコンとタマネギとほうれん草のキッシュ、イチジクとキャラメルの紅茶、カフェラテ、フレッシュオレンジジュースというラインナップだ。

相変わらず、どれも本当に美味しそうだった。

「いただきます」

「ああ」

「ん！　このパンケーキ、意外としっかりアールグレイ感が出てて美味しい。チキンとパプリカのゼリー寄せも、野菜の風味が残ってるし。シャンピニオンブルストは…」

味わって食べながら、恒例の感想もきちんと伝える。

普段どおりの和気藹々（あいあい）とした彼との食事に、満ち足りた心地になった。

多少のアクシデントはあったけれど、昨日のデートは楽しかったと思い出す。

護衛の任務に気を取られがちな恋人には困ったものの、停止したエレベーターの中で、なにからも守るとばかりにしっかりと抱きしめてくれたから相殺だ。

あの瞬間、鳴海の愛情が感じ取れて、これまでの不安がだいぶん薄らいだ。

ブランドショップで買った服はすでに届いたらしく、長谷川用の香水のことを当人に伝える。

「私にまで、誠にありがとうございます」

「気に入らなかったら、捨てていい」

「とんでもないことです。大事に使わせていただきます」

そう言った長谷川のそばに、使用人が静々とやってきた。用事があると察した長谷川が彼に近づくと、なにやらそっと耳打ちされる。

表情こそ変わらなかったが、眼鏡の奥の目つきが一瞬、鋭くなったのを見逃さなかった。

使用人が退室したのを見届けて、イチジクとキャラメルの紅茶が入ったティーカップを片手に訊ねる。

「どうした、長谷川？」

「美津子（みつこ）様が折り入って、旦那様にお話があるとのことです」

「叔母が？」

「はい」

「もう、うちまで来てるわけ？」

「お見えでございますので、応接室にお通ししているようです」

「さすがに、門前払いはできないか」

自然と不愉快になってしまうのには、理由があった。

美津子は凜太郎の父親の妹だ。父は三人兄妹の長子で、彼女の下にもうひとり末妹がいた。ちなみに、父方と母方それぞれの祖父母は凜太郎が幼少期に他界したため、叔母たちが最も近い肉親になる。

美津子の訪問で、両親を亡くした九年前の嫌な記憶がよみがえった。

遺産相続であんなに親族と揉めるなんて、想定外でしかなかった。遺言状があり、法的にも適正な財産分与だったにもかかわらずだ。

分与額が少なすぎるとか、遺言そのものを疑うとかは序の口だった。

財産は欲しいが自分の子供の世話で手いっぱいなので、凜太郎を引き取ることはできない。どうしても引き取ってもらいたいのならば、分与額を最低でも倍にするべき。要求に応じない場合は訴訟も考えていると、恥知らずにも主張してきたのだ。

会社の権利にも話は及び、伴侶まで巻き込んだ醜い争いが繰り広げられた。

そんな中、美津子夫婦だけが兄の形見である自分を引き取るのは身内として当然だと、唯一、正論を言った。

たしか、凛太郎より五歳下と七歳下の娘がいる。正月か盆にしか顔を合わせないいとこたちだったが、話したことはあった。

ぜひ直接、礼を伝えたいと思い、紛糾する話し合いが中断したときに叔母夫婦を探して別室で見つけた。

声をかける寸前、わずかに開いていたドアから声が漏れてくる。

「彼の顔を見たか?」

「ええ。難しい年頃だからどうかしらと思ったけれど、単純な子でよかったわ」

「まんまと芝居に騙されてくれたな」

「あの子を丸め込みさえすれば、話は簡単よ」

「もくろみどおり、うまくいったようだぞ」

「そうみたいね」

「……?」

一瞬、誰について言っているのかと混乱したものの、自分だと悟った。

どういうことかわからずに呆然と立ち尽くす凛太郎をよそに、二人がつづける。

「将来、娘のどちらかを選んでくれたら最高だが、いとこ同士だしな」

「なにを言ってるの。法律上は問題ないから、結婚できるわ」

「本気か？」

「もちろん。娘たちだって、贅沢な暮らしが一生できるんだもの。文句は言わないはずよ。本当に好きな人がいても、ばれないように浮気すればいいんだから」

「じゃあ、彼を引き取ると同時に、娘を差し向けるか」

「ええ」

「わたしたちの将来も安泰だ」

「……っ」

叔母夫婦の本性を目の当たりにして、手のひらに血が滲むほど拳を握りしめた。

自分の子供すら駒にする性質の悪さに慄然となる。あまりの悪辣さに本気で吐き気を覚えて、口元を片手で覆った。

これで、凜太郎が相続した莫大な遺産と会社の利益も、ゆくゆくは自分たちのものになる。末の妹夫妻をはじめ、ほかの親族が馬鹿なやり方をしてくれて助かるなどと、不快な言動をつづけられて唇を噛んだ。

怒りや腹立たしさは、不思議となかった。彼らの本心を見抜けず、簡単に騙されそうになった自分が情けなかった。

厳しい現実に打ちのめされたあと、再開した話し合いも不毛だった。

普通に親戚づきあいをしていた彼らの豹変ぶりにショックを受けた自分を庇うように、満を持して顧問弁護士がもう一通の遺言状を公開した。

それには、親族が遺言に従う意思を見せなかった場合の措置が書かれていた。

凛太郎が成人するまでは、父親の親友でもある鳴海の父・宏士を後見人に指名する。宏士氏の許可の下、兄弟がわりの鳴海の同居を前提に、凛太郎はこれまでどおり自宅で暮らす。会社の権利等は、アメリカのコロンビア大学で経営学を学んでＭＢＡの学位も持つ執事の長谷川が一時的にあずかるというものだった。

最初の遺言状が公開されたとき以上に、親族は騒ぎ立てた。

とりわけ、叔母たちは見苦しかった。凛太郎に詰め寄ってくる場面もあり、異性に対する苦手意識が芽生えたほどだ。

落ち着き払っていたのは、鳴海の父親と長谷川だけだ。

顧問弁護士も泰然と構えていて、涼しい顔で『お静まりください』と繰り返した。

凛太郎はといえば、まるで、こういうことが起こるのをわかっていたかのような二通目の遺言状の内容に驚いていた。そんな自分に、弁護士が訊いてくる。

「凛太郎さんにご確認させていただきますが、お父様のご遺言に異存はありますか？」

「いえ。なにも…」

凛太郎の答えに、弁護士は満足そうに双眸を細めた。

事前に了解していた鳴海の父は当然、後見役を引き受けてくれて、両親と鳴海家の意向に安堵し、感謝した。

それ以来、親戚とは個人的な連絡は必要最低限しか取り合っていない。血族は誰ひとり信じられないと痛感したせいだ。

消し去りたい思い出から我に返った凛太郎が、投げやりな口調で長谷川に言う。

「今さら、なんの用だか」

「僭越ながら、私の独断で旦那様のお耳には入れずに参りましたが」

「なにを？」

「旦那様にご縁談をと、これまでも何度も申されておりましたので、そのお話ではないかと思います」

「なんともわかりやすいな……」

叔母夫婦の魂胆が透けて見えて、げんなりした。凛太郎の気持ちを慮り、あえて自分に話を通さずにいてくれた長谷川はねぎらう。

ティーカップをソーサーに置き、鳴海を見て口を開く。

「今度は、妻という名の刺客を送り込みたいらしいね」

「どういうことだ？」

「僕と結婚させた女性との間に、あわよくば生まれた後継者を自分たちが手懐けて、将来的に澤井家を乗っ取る。もしくは、刺客妻に他殺とはわからない方法でさっさと僕を殺させて、財産を手に入れる。さて、どっちかな」

「さすがに、実の甥に手をかけないと思うが」

「甘いよ、蒼士」

顔の前で人差し指を左右に振った凛太郎が苦笑を湛えた。

なんといっても、金のためなら実の娘でさえ差し出すような叔母だ。甥くらい殺したところで、罪悪感の欠片もないだろう。

むしろ、喜んで何度でも息の根を止めにくるに違いなかった。

鳴海家の人々は、本質的に優しくて善良だ。家族仲もとてもいい。鳴海がゲイだと知っても、ありのままでいいと受け入れているほどだ。

凛太郎との関係も承知で、温かく見守ってくれている。

そういう人たちだからこそ、心から信頼できると再認識する。

血族であろうと、自らの目的を遂げるためなら、邪魔な者は平然と排除できる澤井一族の腹黒さとは正反対だった。

「金銭に対する人間の欲望は、侮れないみたいだよ」

「まあな」

「大金を前にしたら、人が変わるって聞くし」

「たしかに」

「両親の事故も、相手が飲酒運転のトラック運転手だって加害者がはっきりしてなかったら、有力な容疑者は親族だったはずだから」

「……リン」

「旦那様、そのようなことを…」

長年、ずっと考えていた凛太郎の意思を初めて明らかにした。

眉を片方上げた鳴海と、深くうなずいた長谷川が次の瞬間、なにかひらめいたとでもいうように互いの顔を見合わせて言う。

「そうか。なるほどな」

「ええ。その線がありましたか」

「あえて、自分の手を汚す必要はない」

「金銭で誰かを雇えばすみます」

「充分な資金が調達できる立場の人たちばかりだ」

「金に糸目はつけないでしょう」

「手段を選ばないのも納得がいく」

「決定的な証拠も残りにくいはずです」

「こちらの詳細な情報を把握ずみなら、公言もしない」

「当事者にとっては、当たり前のことすぎるのかもしれません」

「すっかり見落としてたな」

「はい」

妙に意味深な会話と目配せを交わしている二人を訝った。

両親の事故について語っているはずだが、なんとなく腑に落ちない。鳴海と長谷川を交互に見つめて、凛太郎が指摘する。

「なんだか、変じゃない?」

「なにがだ?」

「きみと長谷川の様子だよ」

「おまえの気のせいだ」

「鳴海様のおっしゃるとおりでございます」

「でも…」

さらりと受け流されて、ますます怪しくなった。さらに問いつめようとした矢先、鳴海が一瞬早く口を開く。

「それより、叔母さんを待たせてるんじゃないのか」

「そうだけど」

「そっちの用件を早くすませたほうがいい」

「…まあね」

ごまかされた気がした凛太郎が不服げに眉を寄せた。

軽く睨んだ彼の双眸が、よく見ると、どことなく憂いを帯びている。

最近の心ここにあらずな鳴海とは、また違う感じのニュアンスに受け取れた。こちらも見過ごせずに、気を取り直して訊ねる。

「蒼士、どうかした？」

「いや」

「とても、そうは見えないよ」

「事故に関するおまえの見解を聞いて、虚しくなったせいかもな」

「うちの親族関係は冷え切ってるのを通り越して、殺伐(さつばつ)としてるからね」

「寂しいことだな」

「仕方ないし。でも、本当にそのこと？」

「ああ」

「……ふうん」

食い下がろうにも、叔母をあまり待たせるのも面倒な事態になりそうで、ひとまずあきらめた。

溜め息をついたあと、長谷川に向き直った凛太郎が言う。

「長谷川、伝言を頼む」

「大変恐縮ではございますが、お引き受けいたしかねます」

「どうして？」

「旦那様が直々にお伝えになったほうがよろしいからです」

「できれば、顔を合わせたくないんだ」

「美津子様のお声すら、お聞きになりたくない。同じ空間にいらして同じ空気をお吸いになるのもお嫌、濃い化粧とつけすぎの香水の香りをお嗅ぎになるのも勘弁願いたいというお気持ちは重々、お察し申し上げます」

「痛快な代弁をありがとう」

「とは申せ、伝言ですと、またお見えになる可能性が高いと思われますので」

「僕に会うまで、叔母はしつこく来ると？」

「はい」

きっぱりと言い切られて、うんざりした。

長谷川の進言はもっともなので、反論する気にはならない。

凛太郎本人が、自分の結婚は自分で決めると言わない限り、あきらめそうにないと容易に想像がつくからだ。

「……わかった。会おう」

「私もおそばに控えております」

渋々と席を立ち、鳴海に視線を向けた。まだブランチの途中なのも不本意さに拍車をかけていたが、彼が口角を上げる。

「待ってるから、行ってこい」

「ひねりつぶすつもりで話をつけて帰ってくるよ」

「恨みを買わない程度にな」

「虫けらにどう思われても平気だし」

「相手は人だぞ。穏便にいけ」

「人間の皮をかぶった虫けらって、知性があるつもりだから生意気なんだよね」

「下手に喧嘩を売ると、話が長引くぞ」

「それは嫌だな。…うん。手短にすませよう」

時間を割くのも、口をきくのさえもったいないと考えをあらためた。

なるべく事を荒立てるなと、鳴海から念押しされる。違う意味で彼と意見が一致し、うなずいた。

応接室に長谷川を伴って行き、正月以来、数ヶ月ぶりに叔母と会った。

懸命に取り入ろうとする彼女を遮って早速、本題に入る。

「ご機嫌取りはけっこうです」

「あら。そんなつもりはないわ」

「そうですか。では、単刀直入に言いますが、僕の結婚相手は僕が選んで決めますので、縁談は持ち込まないでください」

「凛太郎さん⁉」

凛太郎の結婚に関しては、今後いっさい口出し無用と通告した。

親族のどんな形での仲介も断る。自分に来た縁談は紹介者まで徹底的に調べ上げる。この件での訪問は二度とするなとも再度、つけ加えた。

「まだ若いあなたに、人を見る目があると思っているの？」

「その若い僕を結婚させようと企んでいらっしゃるのに？」

「企むだなんて人聞きが悪いわね。それに、世間知らずの言い間違いだったわ」

「お言葉ですが、会社勤めの経験が一度もおありではない叔母上と比べて、家業とは違うまったく別の会社へ実力で入社し、社会人として働いている僕のほうが、たぶん世の中のことを知っていますよ」

「……目上の人間を敬う姿勢はないのかしら？」

「もちろん、尊敬できる人は敬っています。宏士おじさんとか千恵おばさんとか」

「……っ」

鳴海の両親の名前を出すと、叔母が頬を歪めた。

後見人の役目が終わったあとも、一族を差し置いて、凜太郎が彼らに絶対的な信頼を寄せるのが嫌なのだ。

おもしろいので執事と顧問弁護士も追加したら、不満もあらわに異を唱えられた。そばに控えている長谷川にまで、つけ上がるなと当たり散らす始末だ。

流れ弾を笑顔で躱すどころか、至近距離にもかかわらず、狙撃用のライフル銃で叔母を連射しそうな長谷川の気配に、こたえた素振りはなかった。

彼女を見る視線に軽蔑の色が見え隠れするのは、気のせいではないだろう。それを当人に気取らせる失敗はしないのもわかっている。

長谷川家が忠誠を誓うのは、澤井本家のみだからだ。

凜太郎に名を挙げられて、いっそ誇らしい様が窺えて長谷川らしかった。逆に、自分たちが過去にしてきた行いを反省もしない親族は話にもならない。

言うべきことはきちんと言ったため、叔母に帰宅を促す。

「用はすみましたので、どうぞお帰りください」

「後悔しても知らないわよ」

「ご忠告をどうも」

脅しのような捨て台詞を残し、長谷川の先導で叔母は帰っていった。やろうと思えば、もっと口撃できたが、相手にするのも馬鹿らしくなってやめた。

鳴海とブランチのつづきを楽しもうと、ダイニングルームに戻る。

「大丈夫だったか？」

「まあね」

「これ以上、親族間の仲をこじらせるなよ」

「向こうがおとなしくしてれば、僕からはなにもしない」

ずっと変わらない自分のスタンスだと言うと、苦笑された。

この翌週の木曜日、凛太郎は午後からオフィスに出向くことになった。

月曜日にも出勤したので、今週二回目の出社になる。

リモートワークをしているほかのプロジェクトメンバー数名の通信状態がここ数日悪く、考えられる限りの対策は打ったものの、埒が明かなくなった。

午前中もいろいろと試したけれど、やはりだめだった。

そこで、オフィスに来ている彼らと一緒に、原因と改善策を探すことにしたのだ。

「急に、ごめん。ランチ用の手毬寿司も、せっかく準備してくれてたのに」

「気にするな。長谷川さんたちにふるまう」

厳選した新鮮な魚介類を今朝、豊洲から仕入れてきたと知っているので、なおさら残念だった。

無念の表情もあらわに、凛太郎が溜め息をついて言う。

「…みんながうらやましい。マグロにサーモン、イクラ、クルマエビ、ウニ、タイ、ホタテ、カニ、イカ、ブリ……海祭りが恋しい」

「なに祭りだろうと、また開催してやる」

「絶対だからね」

「ああ。おまえ、昼はどうするんだ？」

「海祭りに参加できなくなった悲劇の僕に、そんなむごいことを訊くんだ」

「夕食のメニューとかぶらないか、確認したくてな」

「納得。ええと、会社のビルに入ってるコンビニで、おにぎりを買って食べる。せめてもの海祭り気分を味わうために、シャケとイクラと昆布のね」

「コンビニのおにぎりは美味いからな」

「あと、あったらモンブランも大人買いする」

「そうか」

突然の予定変更にも、鳴海は嫌な顔ひとつせず送ってくれている。

運転席でハンドルを握る恋人は、黒のジャケットにライトグレーのVネックのニット、黒のパンツというシックなスタイルだ。

曇天のせいか、サングラスはかけていない。

凛太郎のほうは、先日のデートで買ったダークグレーのワイシャツにボルドーのネクタイを締め、スリーピースを着てチーフを胸元に挿し、ダークブラウンの革靴を履いていた。

日が暮れたら風が冷たくなるので、ハーフコートも持っている。

「今日はこれから人と会う約束があってな。悪いが、今夜は夕食の支度の時間が取れないんで、長谷川さんにデリを頼んでもらうことになってる」

「かまわないよ。……ちなみに、会うのは浮気相手かな？」

軽くジャブを打ち込むと、深々と溜め息をつかれた。

ルームミラー越しに視線を一瞬流してきた彼が、窘める口調で答える。

「何度も言ってるが、俺はおまえを裏切るような真似はしない」

「ちょっと、かまをかけただけだし」

「そもそも無実だ」

「そう信じるほうに、僕も傾きつつあるよ。ていうか、まあ、蒼士もたまにはごはんづくりを休まないとね。で、なんのデリ？」

さくっと話題をもとに戻した。鳴海もそれ以上は深追いしてこず、小さく肩をすくめただけで問いに応じる。

「中華だ。おまえが好きな麗香蘭にするって話してたな」

「さすがは、長谷川。今の季節なら、上海蟹のコースは外せないかな。ほかにも食べたいものがいっぱい……うん。あとで、頼んでほしいメニューをメールしよう」

「それが無難だな。ところで、帰りは何時頃になりそうだ？」

「定時で帰るつもりだよ」

「六時だな。その頃に迎えにくる」

「ありがとう」

もし遅れるようなら連絡を入れると言ってほどなく、会社に到着した。

シートベルトを外して通勤鞄とコートを手に後部座席から降り、鳴海に微笑みかけてドアを閉めた。

オフィスに着くと、いつもより多くのＳＥが出社していた。三輪と杉浦の姿もある。目が合った杉浦に軽く手を上げたら、会釈を返された。

通信障害を解消しようと手を講じ、三時間ほどで問題は無事に解決できた。

持ってきたノートパソコンを起ち上げ、デスクトップのほうで自宅でやっていた通常業務をつづける。

そこに、関数変態の三輪がまたも難解なファイルをつくってきた。

やり直しをやんわりと命じたあと、自身の仕事に集中する。それをすませたときには、退社時間をとっくに過ぎて、十九時半を回っていてぎょっとした。

「⁉」

中華料理のメニューリストをまとめたメールは長谷川に送ったのに、鳴海への連絡は忘れていた。

おそらく、会社が入っているビルのそばに、もう迎えにきているはずだ。

かなり待たせていてまずいと思い、デスクの上に置いていたスマートフォンを慌てて確かめる。

彼からの着信履歴が、電話一件とメールが二件あった。

メールの内容は、どのくらい遅れるのか、とにかく返事をくれというものだ。

「……瀬戸？」

意外にも、瀬戸からもメールが来ていて首をひねった。中身は『連絡をください』で、なんの用件だろうと訝る。

とりあえず、まずは鳴海に『ごめん。仕事に没頭してててスマホを今、見た。すぐに会社を出る』、瀬戸には『あとで連絡する』と、電光石火の早業でメールを送信して後片づけと帰り支度を急いだ。

ハーフコートを羽織り、通勤鞄を持ってデスクを離れる。

出入口のドアを開けた直後、室内に入ってこようとしていたらしい三輪と鉢合わせた。

三輪も残業かと考えて、一度提出していたタスクを自分がやり直すように言ったのだったと思い出す。

「失礼」

「………」

「！」

凛太郎のほうが横にずれて道を譲ったにもかかわらず、無言のまま後ろ手にドアを閉められた。

嫌がらせかと内心で溜め息をついたとき、持っていたスマートフォンが震えた。

一瞬だけ視線を落とし、画面に鳴海の名前を認める。さきほどのメールに応えて、電話をかけてきてくれたらしい。

迷ったけれど、同僚の前では出たくなかった。

エレベーターの中からでもかけ直そうと、今はスルーする。

いったん切れたが、また電話がかかってきた。素早く確認したら今度は瀬戸からで、それが切れると、再び鳴海からの着信だった。

「？」

瀬戸はともかく、凛太郎が会社にいると承知で恋人が何度もかけてくるのは珍しい。

帰国後、ずいぶん過保護になった気がしなくもなかった。

気もそぞろなときがある反面、甘やかされるのはやはりうれしく、密かにくすぐったくなる。とはいえ、ここで電話に出ることはできなかった。

悪いと思いつつも、スーツの上着のポケットにスマートフォンをしまう。

突き刺さるような強い視線を感じて、三輪の存在を意識した。

帰る間際に関数変態の顔は見たくなかったと、溜め息を呑み込んだ。

なにかと扱いづらい一方、最終的に納得できる仕事を残業してでも仕上げてくる。実質的には、三輪の実力を認めているのも事実だ。そうでなければ、やり直しはさせない。

部下とのコミュニケーションと自分に言い聞かせて、にこやかに挨拶する。

「お疲れさまです。お先に失礼します」

「……お疲れっす」

ボソッとした返事のあと、いちだんと見つめてこられた。

観察する目つきで、上から下まで失礼なくらいに眺めてくる。普段は目線も合わせないのにと不審に思う凜太郎に、三輪が唐突に言う。

「無防備なんすね」

「はい？」

「もしくは、余裕すぎて状況を楽しんでるとか」

「……？」

発言の意図がわからなくて、微かに眉をひそめた。

急ぎたかったが、業務以外で三輪から話しかけられることは珍しく、会話を打ち切れない。

どういう意味なのだろうと、あらためて訊ねる。

「なんのことですか？」

「なんにしろ、よく平然としてられますね」

「業務上で問題でもありましたか？」

「それとも、強がってるだけっすか」

「さきほどから、なにをおっしゃっているのでしょう？」

「…まさか、本気で知らないとか言います⁉」

「ですから、なにを？」

「……マジか。ありえねえ……うそだろ…」

「あの、三輪さん？」

「呑気すぎてイラつく」

「………」

今度は、呆れ果てたとでもいうような顔つきをされた。

わけがわからない上、そんな目で見られる覚えもない凛太郎が言い返すより先に、三輪がいきなり自らの服を両手で探った。

すぐにジーンズのポケットから取り出したスマートフォンをいじり始める。

いったい、なにをするのだろうと身構えた。さては、タスクのやり直しばかりを命じる自分に、手の込んだ復讐をしかけるつもりか。

どう対応すべきか考えつく前に、なおも近づいてこられる。

なぜか、スマートフォンの画面を凛太郎に向けて見せてきた。

「これを見……っ」

差し出された画面を見る寸前、再び入口のドアが開いた。反射的にそろってそちらへ目を向けると、席を外していたらしい杉浦が入ってくる。

凛太郎と三輪を見た杉浦が一瞬、顔を強張らせた。

おそらく、また言い争っていると勘違いしたのだろう。自分たちの間に、固い笑顔のまま割り込んでくる。

「澤井さん、ちょっといいですか？」

「え？　……あ、いえ。今は…」

「……なんだよ」

「三輪さん？」

「もう、いいっす」

「ちょ…っ」

邪魔が入ったとばかりに遠慮なく舌打ちした三輪が、足早に去っていった。自身のデスクに戻り、憤然と腰を下ろす。

視線の先に三輪の姿を捉えながら、凛太郎は胸中で溜め息をついた。

杉浦が来てくれて助かったというのが、正直な感想だ。

一連の言動がなんだったのかはさっぱりだけれど、三輪の日頃の態度から見て、自分に突っかかりたかっただけだろう。

なにを見せられるか謎すぎたので、彼のスマートフォンをしっかりと見ずにすんだのもよかった。

とにかくホッとしたところで、杉浦に向き直る。

話しかけてきたのは口実かもしれないが、一応、訊ねる。

「どうしました?」

「は、はい。その…」

どことなく落ち着かない様子の杉浦に首をかしげた。

凛太郎同様、三輪にペースを乱されたのかもしれない。巻き込み型の独特さは、周囲を疲れさせるものがある。

いたわりの心情を込めて促すように再度、声をかけてみる。

「杉浦さん?」

「あの、お帰りのところを大変、恐縮なのですが…」

「かまいませんよ」

「はい。ええと……そう。明日、朝イチである会議用に取っていた会議室の通信回線の調子が悪いんです」

「ここ数日、通信障害がありましたからね」

「ええ。なんとかしようと、思いつく限りのことをわたしも試みたんですけど、やはりだめで。すみませんが、見てもらえますか？」

心底、申し訳なさそうな口調で頼まれた。そういう理由があったから、どこか不安そうだったらしい。凛太郎が帰宅しかけていたのも一因だろう。

実際、鳴海をさらに待たせるのは気が引けた。

しかし、杉浦の直接的な上司の立場にいる自分が問題を放置するのは論外だ。プロジェクトを率いるリーダーとしても、仕事をおろそかにはできない。

どうにかして鳴海と連絡を取りたかったが、状況的に無理だった。

心の中で彼に『もう少し待ってて』と謝り、杉浦に答える。

「わかりました」

「本当にすみません」

「気にしないでください。行きましょう」

「はい。こちらです」

通勤鞄を手にしたまま、杉浦と一緒にオフィスを出る。どういう方法を試したか訊きながら、同じフロアにある会議室に向かった。


「また仕事に熱中してるのか」

スマートフォンの画面を見て、鳴海は低く呟いた。

退社時間の十八時を二十分以上過ぎても、凛太郎は姿を現さない。なにも連絡は来ていなかったが、残業するのかもしれなかった。

どの程度遅れるかの確認メールを送り、さらに十五分待ってみた。

それでも返信がなくて電話をかけたものの、留守番電話サービスにつながる。仕方なく、とにかく連絡をくれとメールした。

今日は友人に会うと言って彼に疑われたが、あながち間違いでもない。

浮気相手との逢瀬(おうせ)ではなく、実際は誰とも会わず、急に出勤することになった凛太郎に合わせて鳴海の予定を急遽(きゅうきょ)変えたのだ。

本来なら、澤井邸で夕食の準備に取りかかる時間を護衛に使い、会社のそばで車に乗ったまま待機している状況だ。

上着のポケットにスマートフォンをしまい、膝の上に置いていたノートパソコンでの作業に戻る。

闇サイトに書き込みをした犯人を特定するための地道な追跡はつづけていた。

容疑者候補に当初は除外していた凛太郎の親族の身辺も洗い直した。

取り立てて怪しい行動履歴はなく、瀬戸が調べてくれた銀行口座の出入金記録を見ても、不審な金銭の流れはない。

父親に頼み、彼らを密かに見張ってもらいつつ、なおも念入りに調査中だった。

親族の誰かが第三者に犯行を依頼したと仮定すると、この第三者が書き込み犯になる。

こちらのほうは、もう少しで犯人にたどり着けそうだった。

「今日こそ、正体を暴いてやる」

そうすれば、鳴海も思う存分、恋人に心を向けられる。

最初から手こずったが、書き込み犯はかなりのハッキングスキルを持っていた。

簡単に足取りを掴めるとは思っていなかったものの、コードをたどっていったら、気が遠くなるほどの数の海外のプロキシサーバーと偽装ＩＰを経由して、ようやく犯人に行きついた。

それだけではなく、痕跡を消す目的でしかけられていた手の込んだ様々なトラップをひとつずつ根気強くクリアしていたせいで、突き止めるのに手間取った。

もうすぐで切り抜けられるはずと、ひたすら作業に専念する。

その傍ら、鳴海の意識の片隅からは、凜太郎の縁談の件が離れずにいた。

今回は、持ち込んできたのが因縁のある叔母ということで、話は流れた。ただ、彼の立場上、きっと今後も多方面から縁談が舞い込んでくるはずだ。

由緒正しい家柄に加え、新興ながらも事業を成功させた資産家の澤井家当主に嫁ぎたいと願う女性は多いだろう。年頃の娘を嫁がせたいともくろむ親も同様だった。

長谷川が止めているだけで、今も相当縁談は来ていると思う。これまで見聞きしなかったのが不思議なくらいだ。

想定内のこととはいえ、目の当たりにしてみて現実を突きつけられた気がした。

ある程度、覚悟はしていたが、そのときが訪れたのかもしれない。

滅多になく、感情が乱れてしまった。凜太郎からも大丈夫かと心配されて、どうにか取りつくろった顛末だ。

あの日、叔母を帰した彼がしみじみと言った。

「女の人は嫌いじゃないけど、やっぱり苦手だな」

「身内の女性は例外だろ」

「でも、ああいうのも世間にいると思ったら萎える」

「世の中は広いんだ。素敵な人もいる」

「僕の理想は、蒼士みたいなタイプだし」

「おまえよりごつくて、腕が立つ相手がいいと?」

「そこじゃなくて。お互いを一途に想えて、なんでも言い合えるってところ。料理上手なら、いちだんといいかな」

ほかにも細かい条件はあると笑った凛太郎に、微笑み返した。

それなりに探せば、いそうな感じだと応じる寸前、言い重ねられる。

「あくまで、仮定の話だよ。蒼士以外となんて論外」

「そうか」

「だから、もし、きみに縁談が来たら断るように」

「来るわけがないだろう。俺たちのことは、うちの家族も知ってる」

「ご両親を通さずに直接、きみに持ちかけるかもしれない」

「なんにしても、断るから心配無用だ」

「断るのは当然として、僕にきちんと話すこと」

「わざわざ聞きたいのか?」

「腹が立つし嫌だけど、隠されるよりはましだよ」

「わかった」

「情報さえあれば、いろいろと調べられるしね。世界中どこであろうと…」

嫉妬のあまり、ハッキングスキルを駆使してインターネット上で相手を公開処刑しそうな彼に話していいものかどうか迷った。

双眸を細めて口角を上げた薄笑いも、微妙に怖い。

臨機応変にいこうと決断しつつ、やや脱線ぎみの思考を戻した。

考えるまでもなく、澤井家を存続させていくためには、自分たちの関係は清算するべきだろう。

凛太郎のセクシュアリティがゲイでも、結婚は別問題だ。

鳴海に対する彼の気持ちを疑う余地はないが、澤井の血筋を残すために、本家の嫡男として義務を果たさなければならないかもしれなかった。

澤井家に生まれ育った凛太郎なら、そういう認識があってもおかしくない。

長谷川や顧問弁護士が説得すれば、悩みながらも彼は耳を傾ける。

旧家というのは、個人の意思を優先させずにきたから、そのように連綿と継続していくものなのだ。

鳴海も理性ではわかっている。家と自分のどちらが大切なのかとは思わない。比べても意味がないからだ。

凛太郎への愛情は、昔も今も変わらない。未来もそうだと断言できるし、彼以外の誰かを愛せるわけがないとの自覚もあった。

それでも、自分とでは澤井家の後継者や子孫は残せない以上、将来的には凛太郎の結婚を受け入れざるをえなかった。

たとえ形式だけの結婚にしろ、いずれ現れる彼の結婚相手を傷心させないように、鳴海が身を引くことを考える頃合かもしれない。

凛太郎と別れるのはつらい。彼も到底、承知しそうになかったが、鳴海の性格的に不倫は無理だった。

かなり不本意だが、浮気疑惑を利用するのもいいかもしれない。

もとどおり、幼なじみ兼ボディガード、ときどきシェフといった関係性に戻る。

今後も、凛太郎をひとりには絶対しない。遠くからだとしても、一生見守っていくつもりでいた。

一度、本人とも、あらためて話し合おうと決める。

「よしと」

思考中でも両手の指と脳の一部はしっかり働いていて、最後のトラップをクリアできた。

犯人が書き込みをするのに使ったＩＰアドレスが、ようやく割り出せた。

「待てよ。これって…⁉︎」

あまりにも思いがけない結果に、しばし愕然となった。

突き止めたＩＰアドレスが、彼の会社が所持しているパソコンのものと判明したからだ。

普通に考えて、身分を偽って入り込まない限りは、会社とまったく無関係の人間が社用のパソコンは扱わない。

ＩＴ企業ならば、セキュリティが厳重なはずなので無理な相談だろう。

せいぜい役職や権限に差はあっても、確実に会社の人間だ。

つまり現在、必然的に間違いなく、彼の身近に犯人がいることになる。

「こんなときに…っ」

よりによって出勤しているとはと、苛立たしげに言い捨てた。その瞬間、鳴海のスマートフォンが着信を知らせる。

凛太郎から返事かと慌てて手に取り、画面を確かめた。

瀬戸の名前が表示されていて、電話がかかってきていたので出る。

「はい。鳴海です」

「瀬戸です。書き込んだ犯人のＩＰアドレスを突き止めました！」

「そうですか」

「取り急ぎ、鳴海さんに連絡をと思いまして」

「助かります」

ありがたいことなので、僅差で自分もわかっていたとは言わずにおいた。かわりに、凛太郎が今、会社にいると伝えたら、電話越しの声に緊張が走る。

「……犯人が社内にいるかもしれないのに、まずいですね」

「ええ。せめて、相手が出社していなければいいんですが…」

「とにかく、急いで澤井先輩と連絡を取りましょう」

「わかりました」

通話を切り、瀬戸と手分けして彼に電話をかけたが、一向に出なかった。

瀬戸からもつながらないとメールが来て、焦りが募っていく。

いよいよしびれを切らした鳴海が膝の上のノートパソコンを助手席に放り、車から降りてロックをかけた。

こうなれば、凜太郎を直接、迎えにいくと瀬戸にも知らせる。

つながったときのために電話はかけつづけながら、ビルに入っていった。

万が一に備え、彼が勤めるオフィスに入ることができるIDカードを長谷川と話し合って、鳴海が会社のネットワークに侵入し、独自に捏造していた。それを使ってセキュリティゲートを通り、エレベーターホールに向かう。

ちょうど待機中だった一基に乗り込み、凜太郎がいるフロアまでのぼっていく。時間帯のせいか、単にタイミングか、同乗者はいなかった。

到着音が鳴り、扉が開くのももどかしくエレベーターを降りた。

人影がまばらな廊下を早足で進む。彼から場所を聞いていたオフィスの中に入っていこうとしたときだった。

別の部屋から、なにかが落ちたような大きな物音が聞こえてきた。

「……なんだ⁉」

それきり聞こえなくなったが、なんとなく気になる。

確かめてみようと思って、通話をいったん切った。スマートフォンを上着のポケットにしまい、そちらに向かって駆け出す。

どこの部屋から音がしたのかわからないので、全部を確認するつもりでいた。


「会議は、明日の朝の九時半からでしたよね」

「そうです」

「ベストとまではいかなくても、せめてベターな通信状況にしましょう」

「手を貸していただいて、本当にありがとうございます」

「気にしないでください」

会議室に入った凛太郎が、室内を見回しながら杉浦と話した。

可能な限りスピーディにすませようと、並べられている机の上に通勤鞄を置く。脱いだコートもその上に置いて、杉浦の方向に振り向く。

「!」

思っていた以上に近いところに、配線用のコードを持った彼がいて驚いた。

咄嗟に後ずさるより早く、なぜか腕を摑まれて引き止められる。痛いほど力を込めて握られて頰を歪めた。

さらに指が食い込むくらい力を加えてくる杉浦の手を見つめて言う。

「杉浦さん、離してください」

「やだね。お断りだ」

「……え?」

「あんたの頼みを聞いてやる義理なんか、オレにはない」

「……っ」

突然すぎる彼の豹変ぶりに、双眼を瞠った。今日の業務ですでに脳は疲れていたが、事態の把握に努める。

間近にいる杉浦をあらためてじっくりと見た。

普段の穏やかさをかなぐり捨てた乱暴な口調もだが、滲み出ている冷酷そうな雰囲気に眉をひそめる。

柔和な仮面の下に、こんな本性を隠していたとは驚きだ。

一人称も普段の『わたし』ではなくなっていた。こちらが素なのだとわかる。

あまりにも意外な事のなりゆきが信じられない凛太郎が、かぶりを振って訊ねる。

「…これは、いったいどういうことですか。通信回線の調子が悪いのでは？」

「そんなの、あんたを呼び出すためのうそに決まってるだろ」

「なぜ、僕を？」

「芝居がうまいのはわかったが、いつまでつづける気だ」

「おっしゃっている意味がわかりません」

「とぼけるな」

「ですから…」

噛み合わない会話に腹を立てたのか、杉浦が『いい加減にしろ』と怒鳴って、凛太郎の腕をひねり上げた。

かなりの痛さに呻くと、少しだけ力をゆるめられた。

「オレに逆らうと痛い目に遭うってわかったか」

「……っ」

「でも、ばれたんだったらしょうがない」

「………」

「それにしても、あんたにしては予想以上に時間がかかったな」

奇妙に引きつった表情でそう言われたが、やはり意味不明だった。

まったく話が読めない上、口を挟めば変な解釈をされるので、どうしようもなかった。

なんとか対応策を考える凛太郎をよそに、杉浦がさらに言い募る。

「ていうか、あんたみたいな馬鹿で無能で身勝手なやつを相手にするのは、もう限界なんだよ。オレがブチ切れるのも当然だろ」

「僕のどこが…」

「クソ上司は黙ってろ!」

「く……?」

言われ慣れない暴言の数々に啞然となった。

切れ者とか有能、優秀、若いのにデキる上司という評価はよくされるけれどと、目を瞬かせる。

前科だらけの詐欺師の証言で誤認逮捕された、潔白な最高裁判所長官のような感じだ。

不愉快な反面、新鮮ではあるとまじめに思っていると、なおもつづけられる。

「オレがこの会社に派遣されてきた二年前から、あんたは完全に見下してたよな」

「え⁉」

「年上のオレを顎で使って楽しんでたんだろ」

「は?」

「立場的に断れないのをいいことに、大量の仕事を押しつけてきたな」

「はあ?」

「正社員がそんなに偉いかよ」

「いや……」

「高いスキルを持った派遣社員だっているんだぞ」

「知っていま…」

「なのに、三輪を叱るふりでオレばかりこき使いやがって」

「はい?」

勘違いとしか言いようのないことを、次々とまくし立てられた。

たしかに、杉浦に頼っていた部分はあるが、見下したことはない。年齢関係なく能力で判断する実力主義なので、正社員か派遣社員かで差別した覚えもなかった。

彼にタスクを振るときも、無理なら別のSEに任せていいと事前に言っていた。

むしろ、どの部下に対してよりも好意的な態度を取ってきたという認識だ。

複数いるSEの中でも、杉浦とは特に意思の疎通がはかれていると思っていたけれど、全然できていなかったとわかり、溜め息をつく。

とりあえず、なんとか彼を落ち着かせるのが先決だった。

それから誤解を解こうと凛太郎が口を開く間際、先を越される。

「あんたさえいなくなれば、すべてが解決する」

「…杉浦さん」

「あの日、エレベーターが落ちてればよかったんだ」

「……え⁉」

エレベーターに閉じ込められた件を、なぜ杉浦が知っているのだろう。プライベートなことを職場では話していないのにと訝った。凛太郎の顔つきから疑問を読み取ったらしい彼が片眉を上げて応じる。

「あんたは防御が固いが、一度だけ聞き出すチャンスがあった」

「まさか…」

「出かけるって、チャットでオレに教えただろ」

「……っ」

指摘されて、そのときのやりとりを鮮明に思い出した。

リモートワーク中に、休日の予定を杉浦から訊かれたことがあった。いつもの凛太郎なら絶対に答えずにごまかすが、鳴海とデートできるうれしさに上機嫌だったため、プライベートにもかかわらず口をすべらせていた。

見境もなく浮かれすぎた過去の自分が恨めしくなる。

「オレは休日出勤して仕事をやってたのに、あんたは遊んでた」

「それは…」

「仕事をオレに押しつけて楽に稼いだ金で、ブランド品を手当たり次第に買いあさってたよな」

「違……っ」

「昼メシを奢られたときみたいに、腸(はらわた)が煮えくり返ったよ」

「………」

あのランチの際、本当は凛太郎を心の底から嫌っていたのだと知った。それを微塵(みじん)も気取らせなかった二面性に恐れ入る。

職場でも有数の好人物だと、二年もの間すっかり騙されていた。

どうやら、エレベーター停止のアクシデントは杉浦の仕業だったようだ。おそらくはあのファッションビルのセキュリティシステムに不正アクセスし、防犯カメラで自分を監視していて、エレベーターもハッキングしたのだろう。

階数を表示する液晶ディスプレイで流れていた『ワタシハ　ダレ?』という文章が、凛太郎に向けたメッセージだったとも暴露された。

ただし、目的がいまいちはっきりしないと首をかしげた矢先に言われる。

「いくら頼んでも、誰もやってくれないのもわかった」

「なにを…?」

「だから、オレが直接、あんたを殺してやる」

物騒な発言に、冗談にしては笑えないと言い返そうとした瞬間だった。

凛太郎の腕から杉浦の手が離れ、彼が持っていた配線用コードを素早く首に巻かれて、のど元を絞め上げられる。

「やめ…っ」

「騒ぐな。暴れるな。おとなしくしろ！」

「くっ……うぅ、う」

「死ね。オレの前から、この世から消えてなくなれ」

「っ……」

「あんたが苦しむ顔を間近で見られて最高だ」

憎しみがこもった言葉を投げつけられるたび、絞まる力が強くなっていった。

コードと首の隙間に手を入れようとしたが、かろうじて左手の人差し指と中指が滑り込んだだけで絞まってくるのは変わらず、息苦しさにもがいた。その際、机の上にあった会議用のPTZカメラに、振り回した右手が当たったらしい。

弾みで床に落ちて大きな音がした。もしかすると、ほかにも機材が道連れになったかもしれないけれど、それどころではなかった。

助けを求めて声を出しているつもりが、呻き声にしかならない。

なんとか抵抗しようと杉浦の手の甲を何度も引っかいたが、絞めつけてくる力はゆるまなかった。

「っう、く…」

「この計画を実行したときから、ばれるのは覚悟の上だ」

「……っ」

「それでも、あんたを殺せれば本望だ」

杉浦がしつこくなにか言っていたものの、内容がわかるはずもない。

酸素不足で思考能力がだんだんと鈍り始めた。

絶体絶命のピンチとあり、最愛の人の存在が脳裏に浮かんできて、声にならない声でその名を呼ぶ。

「蒼……士…」

助けてと、強く願った。せっかく再会したばかりなのに、こんな形で二度と会えなくなるのは嫌だった。

情熱が足りないと詰ったことや、浮気を疑ったことも、危機的状況に陥ってどうでもよくなる。

今、儚くなってしまったら、誰かに鳴海を盗られてしまう。そちらのほうが、どうしても嫌で許せなかった。

彼への滾るような愛情とは裏腹に、身体の力が抜けていく。

ついに、自力では立っていられなくなった。意識が落ちかける直前、なにかがぶつかるような重い音につづいて破壊音が聞こえた。

それからほどなく、不意に息ができるようになる。

「っふ……はあ……はあっ…はぁ」

「大丈夫か、リン!?」

「……蒼…?」

本能的に肺いっぱいに空気を吸い込んだ凛太郎が、咳(せ)き込みながらも呼吸した。

首に巻きついている配線用コードを無意識に外し、その場に倒れ込んで激しく胸を喘がせる。

うっすらと瞼を開いた視線の先には、この場にいるはずのない鳴海がいて、杉浦と対峙(たいじ)していた。

開け放たれた会議室のドアがへコんでいるのを見て、さきほどの音に見当がつく。

鳴海が体当たりしたか、蹴り破ったかのどちらかだ。たしか杉浦が鍵をかけていたから、強硬手段に出たのだろう。

どうしてここにと思ったが、なんとなく想像がついたし、恋人の姿に心からの安堵を覚えた。

頭がまだぼんやりするが、鳴海が間一髪で駆けつけてくれたのは理解できた。

そんな凛太郎の前で、杉浦が無謀にも彼に攻めかかっていく。

「邪魔するな！」

「やめておけ。ケガをするのがオチだぞ」

「うるせえ」

「現状だと、正当防衛を主張できるな」

「おらあ‼」

パンツのポケットから出したナイフで、杉浦が鳴海に襲いかかった。

振りかざされた凶器を難なく避けた鳴海は、逆にナイフが握られた腕を片手で取り、相手の懐（ふところ）に素早く入り込んだかと思うと、もう片方の手でたたき落とすと同時に、杉浦を床へなぎ倒した。

あらゆる武道を心得ている恋人に、大概の人間はかなうはずがない。

腕に関節技をかけられたのか、杉浦が抵抗しながら大声でわめいた。

「痛い痛い痛い……っ」

「窒息の恐怖のほうが、精神的苦痛は大きい。ほかにも文句はあるがな」

「い、いたたたたたっ……痛いって言ってんだろうがっ」

「おたくのせいで、俺のストレスも相当溜まってる」

「やめろ！」

「おっと。拘束するのに暴れられたら仕方ない」

「ひぃいいいい」

鈍い音にかぶさるように、情けない絶叫が響き渡った。

肩の脱臼は自業自得と淡々とつけ加えた鳴海が、配線用コードで杉浦の両手を容赦なく後ろ手に縛り上げる。それにも苦悶の声があがった。

流れるような一連の動作は、あっという間に終わった。

有段者の彼は本来、素人にケガをさせたり、不法行為をしたりしないはずだ。その主義を曲げたのは、凛太郎を傷つけた杉浦への報復に違いなかった。

自分が鳴海の立場だったとしても、同じことをする。いや。もっと徹底的に痛めつけるかもしれないので、恋人のほうがやはり冷静だ。

険しい表情の彼がスマートフォンを取り出し、電話で話し始める。

「鳴海です。男をひとり、確保しました。すぐに応援をよこしていただけますか。…ああ。もういらっしゃるんですか。事前に手配してくださっていて、ありがとうございます。俺は大丈夫ですが、澤井は医師に診てもらったほうがよさそうです。……ええ。そちらについては、瀬戸さんにお任せします」

瀬戸の名前を耳にし、警察に通報中なのだとわかった。

鳴海の足元に転がっているナイフが、ふと視界に入る。

用意周到にも、それを隠し持っていた杉浦は発言どおり、本気で凛太郎を確実に葬り去るつもりでいたと悟った。

自分にとっては、的外れな言いがかりでしかなかった。見当違いの逆恨みで殺されそうになったという経緯だ。

たったそれだけの理由でと思う一方、今さらながらに実感がわいてきて身震いする。

「リン」

「……蒼士」

気がつくと、通話を終えていた鳴海がそばに来ていた。

床に片膝を着いた体勢で、ひどく心配そうな顔つきで手を伸ばしてきて、凛太郎を大切そうに支えてくれる。

呼吸が普通にできるようになったおかげで、思考はクリアになっていた。

殺されかけてさすがにうろたえているが、彼がそばにいてくれるからか、少しずつ落ち着きを取り戻しつつあった。

淡い微笑みを浮かべて、黒い双眼を見つめ返す。

「やっぱり、来てくれた」

「遅くなって、悪かった。気分はどうだ?」

「きみがいるから、平気だよ。でも、なんでここに…」

「澤井先輩、無事ですか⁉」

そこに、複数の警察官を連れた瀬戸が血相を変えてやってきた。

騒動に気づいた会社の人間も、会議室の外にけっこう集まり始めている。

床に倒れて呻いている杉浦を引き渡す際、取り押さえるときに争った弾みで、肩を脱臼させてしまったようだと鳴海が平然と告げた。

故意ではなかったが、過剰防衛にならないかと訊いた彼に、瀬戸が真顔で答える。

「凶器を持っていた相手です。正当防衛なので、なんの問題もありません」

「それを聞いて安心しました」

「むしろ、危険を顧みずに容疑者逮捕に貢献してくださったんですから、鳴海さんは警視庁から表彰されるべきですよ」

「とんでもない。一市民として、当然の義務を果たしただけです」

飄々と言ってのけた鳴海を『尊い！』とでもいうような眼差しで見つめる瀬戸に、内心でほくそ笑む。

凛太郎に対するリスペクトとは別に、今後は鳴海も神扱いしそうな勢いだ。

クールにリベンジをやり遂げた恋人の一面も、ワイルドでかっこよかった。

凛太郎のために杉浦を懲らしめたとわかる分、余計にうれしい。

「上司に話しておきますね。……って、澤井先輩、大丈夫ですか？」

「瀬戸…」

子犬のような眼差しを向けてくる後輩に、平気だとうなずいた。

首に残っているらしい絞められた痕を痛ましい表情で見ながら、事情聴取は後日にするので、まずは病院に行って診てもらうよう勧められる。

「ホームドクターをうちに呼ぶのでも、かまわないかな」

「はい。ただし、診断書をもらって提出してください」

「わかった。…って、待てよ。サイバー犯罪対策課の瀬戸が杉浦さんを逮捕に来るなんて、どういうこと？」

「ああ。実は…」

ちらりと鳴海に視線をやったあと、瀬戸が話し始めた。

一ヶ月半ほど前、とある闇サイトに凛太郎の殺害依頼の書き込みがされ、殺害予告まで出ていたとか。

それを受けて、鳴海と長谷川、瀬戸たちが水面下で動いていたことを知った。

つまり、その犯人が杉浦だったのだ。

事の顚末を聞き、ここ最近起きたすべての出来事が腑に落ちた。だから、恋人は一年も予定を繰り上げて帰国してきて、デートに出かけるのも渋るほど過保護になっていたのだと察する。

自分に対してどこか上の空だった理由も、これでわかった。

遠距離恋愛でずっと離れていたので、しばらくの間は鳴海と過ごしたくて、仕事以外はネットもせずにいた。ハッカー仲間と連絡も取らずにいたため、結果的に書き込みの件にも気づかなかった凛太郎の自業自得だ。

「あ……」

不意に、直前の三輪の言動を思い出して納得する。

凛太郎が帰ろうとしていたあのとき、この書き込みを知っていた三輪は、知らずにいる自分にコピーでも見せようとしたのだろう。

そこへ偶然、杉浦が行き合わせた。

これまでは身をひそめ、慎重な行動を取っていた杉浦だったが、凛太郎にスマートフォンを見せている三輪の姿を目撃した上、仕事以外では話をしない自分たちが、三輪のスマートフォンを二人で見ていた。

杉浦がやってきた途端、まるで示し合わせたように話をやめたのを、自らの犯行がばれたと勘違いしたとすれば説明がつく。

それで、通報される前にと焦った杉浦の逆ギレが、会議室での実力行使だと推測できた。

「澤井先輩？　書き込みのこと黙ってたから、やっぱり怒ってます？」

「…いや。僕を気遣ってくれたってわかってる。ありがとう、瀬戸。心配かけた」

「そんな、これくらい当たり前じゃないですか」

照れくさそうに笑った瀬戸が事情聴取の日時は追って連絡すると言い、鳴海にも挨拶して去っていった。

凛太郎だけ蚊帳の外に置かれていたが、不思議と腹は立たない。

大切な人たちの、自分への心遣いが本当にうれしかった。

特に、どんなに責めても言い訳ひとつせず、黙って守ってくれていた鳴海の愛情が身にしみた。

小さく息をついた凛太郎に、恋人が訊いてくる。

「立てるか？」

「うん。なんとか」

「無理はするな。俺に掴まれ」

「ありがとう」

彼の手を借りて立ち上がり、あらためて室内を見回した。

不可抗力とはいえ、杉浦に襲われて自分が床に落としたＰＴＺカメラをはじめ、高価な機材が壊れてしまっている。

明日の会議には間に合わないにしろ、なくては困るものばかりだった。

ちょうど経理部の男性社員が目に留まったので、声をかける。

「川井さん。僕が弁償しますから、新しいものを頼んでもらえますか」

「え？　でも、ざっと見た限り、全部で五十万円は軽く超えてしまいそうですけど……」

「かまいません」

「かまわないんですか⁉」

「はい」

「あ、あのっ……即答はちょっとできません。経理部長に訊いた上で、お答えしてもいいですか？」

「わかりました。金額が確定し次第、お手数ですがご連絡いただけますか」

「は、はい……」

川井を筆頭に、周囲にいる社員や派遣社員がなぜ驚いているのか訝った。

もしや、首の絞め痕がわりと目立つのだろうかと考えていたら、隣の鳴海が低く笑いを漏らす。

視線で『なに？』と問いかけたが、受け流された。

眉をひそめたものの、帰ろうと促されてうなずく。

残っている警察官や鑑識、集まっていた同僚たちに挨拶した。

通勤鞄とコートを持ってくれた恋人につき添われてオフィスを出たあと、彼が運転する車の後部座席に乗り込む。

自宅にたどり着くと、心配もあらわな面持ちの長谷川に出迎えられた。

「旦那様、ご無事でなによりでございます」

「ただいま、長谷川。もう事情を知ってるんだな」

「はい。瀬戸様より、ご連絡をいただきました」

「なるほど。僕なら大丈夫だ。それより、お腹がすいた」

「かしこまりました。旦那様と鳴海様のご要望とは多少異なり、麗香蘭のテイクアウトではなく、シェフをお呼びして屋敷のキッチンでつくっていただきましたので、できたてをご用意する準備が整っております」

「さすがは、長谷川」

「どんなことがあろうとも、旦那様の食欲が落ちないことはよく存じ上げておりますが、お食事の前にお医者様の診察をお受けください。往診を頼んでおきましたので」

「そうだった。わかった」

とりあえず、手洗いとうがいをすませて、応接室でホームドクターに診てもらう。

幸い、どこにも深刻な損傷はなかった。ただし、少なくとも明日いっぱいは安静を言い渡される。

今日が木曜日なので、自動的に三連休になった。

数日間は眩暈（めまい）や頭痛、嘔吐（おうと）感、のどの痛みなどがあるかもしれないため、気をつけるようにとも言われた。

　生命を脅かされる事件だったから、精神的に不安定になる事態も起こりうる。いわゆる心的外傷後ストレス障害(PTSD)だが、その症状が出た場合には速やかに申し出てほしいとつけ加えられた。

　元々色白で皮膚が薄く、内出血しやすい体質のせいもあり、首の痕が消えるには三週間ほどかかるそうだ。

　診断書を頼み、自室に戻ってスーツを着替える。

　オフィスの床に倒れ込んだのを思い出し、ついでにシャワーも浴びた。

　空腹のあまり、髪を乾かす手間は省く。部屋を出たところに、やはり部屋着姿になった恋人が待っていた。

　診察の場に立ち合い、診断結果を知っているにもかかわらず、過剰に心配してくれる過保護さが面映ゆい。

　二人でダイニングルームに下りていき、食卓に着いた
　ダイニングテーブルには、凜太郎が熱望していた上海蟹のコースがすでに並んでいる。

　それらを見てテンションが上がった。

「やっぱり、麗香蘭の中華は美味しそうだね！」

「俺も、ひさしぶりだ」

長谷川によれば、コース以外にも北京ダック、フカヒレスープ、エビチリ、黒酢の酢豚、よだれ鶏、豆苗とホタテの炒めもの、クラゲの和えもの、小籠包や数種の餃子や春巻などの点心類、麻婆豆腐、担々麺が用意されていて、こちらの好きなタイミングで出てくるそうだ。

デザートには杏仁豆腐とマンゴープリン、ごま団子、温かい生姜ミルクプリン、キンモクセイの花を漬け込んだ桂花陳酒入りのシロップで栗を煮てつくる中華風のモンブランも出せるらしい。

「やった！　あの美味しいやつを食べられるんだ」

「たしかに、あれは美味い」

「上海蟹の紹興酒漬けが食べられないのは残念かな」

「明日以降に食べればいいだろう」

「うん。上海蟹のチャーハンも最高だし、モンブランもあるからね！」

念のため、アルコールを控えるように医師に言われたせいだ。かわりに、香り高いウーロン茶の大紅袍を楽しむことにする。

「ああ…。上海蟹のミソの濃厚な味わいと、しっとりとした蟹身の優しい触感がたまらないな。いつ食べても、本当に絶品だね」

「そうだな。人がつくってくれる料理は、どれも美味いが」

「蒼士がつくる中華も美味しいから、今度つくってよ」

「わかった」

「中華風モンブランもね」

「はいはい」

鳴海に快諾されて、満面に笑みを湛える。

どんなときも衰えない旺盛な食欲で、時間をかけてデザートまで完食した。

食後、長谷川と使用人たちにねぎらいの言葉をかけて、凛太郎の部屋に行く。シャワーを浴びてくると言って、鳴海はバスルームに足を向けた。

洗面台で歯を磨いたあと、ベッドに寝転んで頭の中を整理する。

意外な出来事だらけだったけれど、彼に聞きたいことがたくさんあった。

それほど待たないうちに、バスタオルを腰に巻いただけのセクシーな格好で恋人が現れた。

横たわっていたからか、心配そうに声をかけてくる。

「どこか具合でも悪くなったか?」

「ううん。考えをまとめてた」

「そうか」

「終わりよければすべてよしだけど、なんで、僕に疑われてまで本当のことを黙ってたわけ？」

そこは訊きたいと、ずばり切り込んだ。苦笑を浮かべた鳴海が隣に腰を下ろし、いきさつを語り始める。

殺害依頼や殺害予告について知れば、凛太郎は冷静さや客観性を失い、自らの危険を顧みずに無謀な行動に出そうだからという瀬戸の持論に賛同したせいだと説明された。

身を起こして聞いていたが、正しい分析で反論できずに肩をすくめる。

「みんな、僕をよく理解してるね」

「つきあいが長いからな」

なんといっても、凛太郎の素性が素性な分、容疑者を絞り切れなかったらしい。

一般的には営利目的が有力なものの、犯行手段が闇サイトへの書き込みだけに、愉快犯の可能性もゼロではなかった。

個人的な恨みが動機ならば、最も疑わしいのは親族になる。

彼らの中の誰かが第三者に依頼したと仮定し、鳴海の父親と長谷川、瀬戸にも協力してもらって澤井家の親族を手分けして詳しく調査していたとか。

もちろん、それ以外の人間についても調べたそうだ。

ちなみに、親族に怪しい動きや金銭の流れはなかったと聞いて、意外だった。

命を狙われたことに変わりないが、凛太郎が澤井グループのトップだという情報が書き込みになかったのは、単に杉浦が知らなかったからで、機密情報がインターネットに流出せずにすんで、不幸中の幸いだったとも言い添えられた。

「あらためて、助けてくれてありがとう。あと、変に疑ってごめん」

「いや。俺のほうこそ、おまえの命がかかってると思うと余裕が持てなくて、きちんと向き合えずに悪かった」

「謝らないでよ。僕を想ってしてくれたんだから」

「やっと、おまえに全身全霊を傾けられる」

「再会のやり直しだね」

「ああ。ただいま、リン。愛してる」

「うん。でも、イタズラかもしれなかったのに帰国したんだ」

「当然のことをしたまでだ」

「陰ながら見守ってて、危機からも本当に護るなんてヒーローだね」

何回、惚れ直させるつもりだと呟き、横にいる鳴海をうっとりと見つめる。

端整な横顔と弾力のあるなめらかな素肌に熱視線を送っていたら、こちらを向いた彼と視線が合った。

「精神的に大丈夫そうか？」

「まあね。恐怖感がなかったと言うとうそになるけど、僕にとっては両親が亡くなったときのいざこざがマックスだから、わりと平気みたい」

「免疫がついてるわけか」

「あれを超えることは限られてるし」

「なるほど。じゃあ、話すか」

「なに？」

　こんなときになんだが、区切りになってちょうどいいと前置きされる。

　怖いくらいまじめな顔つきの鳴海に、首をかしげた。先を促したら、縁談に関することだと告げられる。

「まさか、もうきみに縁談が来たとか？」

「違う。俺じゃなくて、おまえの話だ」

「僕にも来てない。来ても、蒼士がいるから断る」

「そのことだ」

「ん？」

　澤井家当主としての義務と責任にはじまり、悲観的な将来について話されて眉をひそめる。中でも、彼が身を引くという内容は聞き捨てならなかった。

　叔母が訪れたとき、瞳に憂いを帯びていたのは、このせいだったのかと謎が解けた。

　待てと言っても聞かない鳴海に、いたたまれなくなる。

恋人の腰に跨がり、首筋に両腕を回して押し倒す勢いで正面から向かい合う。まだ湿っている後ろ髪を軽く引っ張って、顔を上向かせた。

体勢的に少し目線が上の凛太郎が、強引に唇を塞ぐ。

互いに目は閉じていないので、至近距離で眼差しが濃密に絡んだ。音を立ててキスをほどいたあと、咎めるように彼の下唇を甘噛みしてから言う。

「誠実なきみも、すごく好きだけどね」

「リン」

「僕の想いを無視するのは、ひとりよがりだよ」

「……そうだな。すまない」

「そもそも、蒼士以外の誰かと結婚する気なんかない。家のことにしても、澤井家には僕以外にも同年代はいるから、たぶん子孫は残るだろうし。もし残らなかったら、途絶えるだけの話だ」

むしろ、あんな迷惑な親族が大勢いるのは嫌だと溜め息をついた。

だいたい、子供は授かりものなのだ。仮に結婚したからといって、医療の力を借りてもできるとは限らない。まして、父親が本当はゲイで、仮面夫婦の両親を持つほうがかわいそうだろう。

泣く泣く身を引いた結果、全員が不幸になるなんて最悪だ。

それに、澤井グループのトップが、必ずしも澤井一族である必要もない。多くの企業がそうであるように、外部の人間を迎えたところで全然かまわなかった。

家についての自分の価値観を伝えたあと、額同士をくっつけて囁く。

「僕たちの仲を引き裂くなんて、たとえ蒼士でも許さない」

「おまえらしい言い分だな」

「僕がきみをあきらめるとか、ありえないから」

「だよな」

「なにより、僕はきみしか愛してないし、愛せない。知ってるよね？」

「ああ」

「さっき言った、両親の死にまつわる騒動に匹敵するできごとって、蒼士のことだから。きみの身になにかあったり、きみと別れたりしたら、僕は……確実に一線を越える」

「どういう意味だ？」

「僕がまともに生きてるのは、蒼士がいるからってこと」

「いなかったら？」

「今みたいな普通の生活は送らないかな。まず、ホワイトハッカーなんかやめて、世界中で暗躍する、ものすごくタチの悪い極悪クラッカーになる。どの国の捜査機関にも絶対に捕まらない自信があるしね。自分で言うのもなんだけど、僕なら史上まれに見るハイレベルな知能犯になれるよ」

「……犯罪者一択なのか」

「うん。きみがだめだって言うから、やらないだけ。悲しませたくないし」

「おまえの良心やモラルが俺だと？」

「そうなるね。どう？　僕のそばに一生いて、監視したくなった？」

確信犯の微笑みを湛えて、挑発的に問いかけた。

澤井家とか子孫とか関係解消とか、どうでもよくなっただろうと双眸を細める。

自分を思うあまり縁を切ったにせよ、蒼士変態の名にかけて、生涯ストーキングしつづけるとともにおわせた。

自らのこめかみにピストルを突きつけて、別れるなら死ぬと脅すばかりでなく、もう片方の手に機関銃を構えて、周囲も巻き添えにすると宣言したようなものだ。

人質を取った立てこもり犯じみた愛の告白に、おもむろに鳴海が口角を上げた。

張りつめていた表情が穏やかになり、凛太郎の腰を抱き寄せてくる。

「発言は撤回だ。愛情と狂気は紙一重だって痛感した」

「僕の愛は地球より重いよ」

「ずっとモンブランをつくってやると誓うから、世の中のために道を踏み外すな」

「それって、プロポーズなのかな？」

「そう受け取ってくれていい」

「じゃあ、僕の答えは『ＹＥＳ』で。蒼士が一生そばにいて、つくってくれる絶品モンブランを食べつづけられるなら、おとなしくしてるよ」

「ああ」

「早速、誓約の証にエロいことしよう」

「待て。今夜は安静に……む！」

医師の勧めに従い、おとなしく寝なくてはという目つきの彼の唇を再び奪った。舌を絡ませながら、バスタオルの下の陰茎に臀部を押しつける。

濡れ髪を狂おしく両手でかき回して、吐息をむさぼった。

凛太郎を気遣ってためらっている恋人に、キスをいったんほどいて囁く。

「すごく、蒼士が欲しいんだよ。僕なら大丈夫だから抱いて。遠慮も手加減もいらない。理性は捨てて、婚約初夜のファビュラスな思い出をつくろう」

「…おまえは本当に俺を煽るのがうますぎるな」

「途中で、やっぱりだめとかも言わないし」

「了解。ただし、気分が悪くなったら教えろ」

「わかった。でも、気絶し……っんうう」

悦すぎて気を失うのはノーカウントと言い終わらないうちに、くちづけられた。

歯列を割ってもぐり込んできた鳴海の舌に、口内をくまなく舐め回される。口角を隙間なくぴったりと合わせ、角度を変えて何度も吐息を奪い合った。

あまりの激しさに息苦しくなった凛太郎がストップをかけたが、聞き入れられない。

後頭部に手を添えられ、いちだんと強く引き寄せられた。

凛太郎の舌も搦め捕られて、根元がしびれるまで吸われる。

もっと舌を出すようにも求められて、引きずり出されて吸い上げられた。

「っふ、あ…んん……はぅん」

どちらのものかわからない混ざり合った唾液も飲んだ。呑み込み切れなかった分が口の端からこぼれて顎に伝っていく。

互いを食べそうな濃厚なキスの合間に、低い声が告げる。

「ちょっと中断する」

「な、んで……?」

「すぐにすむ」

訝る凛太郎を宥めて顔を離した彼に、カーディガンを脱がされた。カットソーも両手を上げて頭から抜かれ、絨毯敷きの床へ放り投げられる。

あらわになった乳嘴を啄まれて身をすくめた。

その拍子にベッドに仰向けに横たえられ、下着ごとボトムも剝ぎ取られた。

巻いていたバスタオルが外れた全裸の鳴海が、なるべく体重をかけないように覆いかぶさってくる。

見上げる角度でも見蕩れる美形ぶりと、惚れ惚れする肉体美に思わず呟く。

「色っぽさが半端じゃないね」

「俺の台詞だ」

「え？　……んんぅ」

降ってきた唇が与えてくれる快さに陶酔しながら、心ゆくまで味わった。

脚の間に入ってきて内腿を撫でていた手が、凛太郎自身を包み込む。弱いところに触れられて鼻から甘い息を漏らし、陰嚢も揉みしだかれて身じろいだ。

キスをほどいた彼の唇が耳朶に移り、そこを甘嚙みする。

「んぁ……あっん…っく」

くすぐったさにかぶりを振ると、今度は首に唇を這わされた。

丁寧に舐める仕種とキスを繰り返されて、はたと思い至る。くっきりと残った絞め痕を慰撫しているのだろう鳴海の背中を撫でた。

「守り切れなかったって、自分を責めないように」

「わかってるが、ほんの少しでもおまえが傷つくのは嫌なんだ」

「だったら、この痕を消そう」

「まさか、キスマークで上書きしろと？」

「以心伝心だね。ほら、やって」

毎日、新しくつけてくれともねだり、承諾された。

しばらくはタートルネックのインナーを着るか、スカーフを巻いて首元を隠さないといけないが、どうせなら恋人の痕跡のほうがいい。

そうなると見せびらかしたくなったけれど、傍目にはひどめの内出血にしか見えないはずだとあきらめた。

「あっ…んぅん……んふ」

凜太郎の首にキスマークをつけ終えた彼が、乳嘴を口に含んだ。

片方は指先でつままれ、押しつぶすようにもされ、引っかいたりもされる。赤く尖ってひりつくまでいじられつづけて髪を振り乱した。

この間にも、股間は淫らな手つきで苛まれていた。

「んぁあ……ああ、あ…っ」

「いきそうか？」

「ん……まだ、大丈…夫」

「それなら、いいな」

「んあ？」

突然、視界が反転し、身体の向きも変わる。

気づけば、鳴海の裸身に乗り上げる格好になっていた。目の前には草叢と軽く芯を持った淫杭がある。

愛しい人の分身を反射的に愛撫する寸前、後孔にぬめった感触を覚えた。

思わず身をよじって振り返ると、彼の胸元あたりを跨いだ凛太郎の恥部に、顔を埋めている。

「っあう…んっん……くう」

尖らせた舌につづいて挿ってきた指で、媚襞をこすられる。

流し込まれた唾液が潤滑剤がわりになり、内壁の愛撫をスムースにする。

弱い箇所を的確に、しつこくいじってこられて、快感に腰を揺らす。あまりの悦さに嬌声を抑えられず、ひっきりなしに淫らな声をあげていた。

それでも、臨戦態勢未満の陰茎をなんとか愛でる凛太郎の後孔から離れた悪戯な唇が、陰嚢や性器のつけ根、会陰、内腿を這い回る。

舐めたり、甘噛みしたり、きつく吸い上げられたりした。

これらの愛撫に加えて、後ろへの刺激で性器が完全に勃ち上がる。先走りの蜜を塗りたくるように、鳴海の腹部に押しつけた。

「あっあ……んふ、ぅんん」

「気持ちよさそうだな」

「んっ……い、い……あぁぁ、も…」

「今度こそ、いくか?」

思い切りいきたくて、がくがくとうなずいた。

即時の射精を待っていたら、また体勢が微妙にチェンジする。シックスナインだったのが、彼に乗ったまま顔を見合わせる体位に変わった。

挿入中の指で、不意に弱点をこすられて極める。

「な、にす……あ、あっ……んあああっ!」

タイミングがずれた吐精は、焦らされた感覚も相俟って強烈すぎた。

指がなくなったあとも、全身を強張らせて眉をひそめ、すがりついた逞しい肩に爪を立てる。

鳴海の鳩尾あたりを汚してしまったという意識が働き始めた頃、解放感に浸り始めた凛太郎の目尻にくちづけられた。

うれしそうな恋人の様子を見て取り、確信を持って言う。

「僕のいき顔が見たかったと」

「極上の表情なんだ。見逃したくない」

「きみはしれっと、むっつりスケベだよね」

「おまえ限定でな。嫌か？」

「嫌じゃないけど、おおっぴらにエロくてもいいかな」

「なるほど。こういうことか？」

「えっ……ちょ……蒼士⁉　…んぁう」

割り開かれた双丘に熱い切っ先が押し当てられた直後、体内に淫楔がめり込んできた。

衝撃で上体を起こしてしまう。その結果、騎乗位になり、自分の重みでいちだんと熱塊を奥に導いた事実に気がついた。

「ぅん…んっんっ……あ、あっああ…ぅ」

「きつい締めつけとは裏腹に、俺を引きずり込みたがる執念がすごいな」

「ふああ……っく…んうん」

圧倒的な存在感を誇る屹立が、狭隘（きょうあい）な筒内を着実に進む。いつも以上に嵩高（かさだか）なそれの脈動すら悦びになった。

内部は慣らされていたので、ひきつれ感や痛みはない。

ほどなく最奥まで到達した鳴海の面前に、局部が全開の状況だ。つながった秘処も濡れた性器も、すべてを見られていた。

絶景と言わんばかりに双眸を細めた彼が、下からゆるく突き上げてくる。

鍛えられた腹筋に手をついて、快楽に胸を反らした。

「あぁ、ん…ああっ……あ、っん」

「たまには、この状態で俺の腹にノートパソコンを置いて仕事するとか」

「ゃんん……っは、あっあっあ……っ」

「背後からおまえを貫いたまま、俺ごとデスクに座ってっていうのと、立ったままバックもありだな」

「んっ、あ…ぁん」

「もちろん、俺もおまえも裸だ」

色っぽく微笑む鳴海から、オープンすぎるかと訊ねられた。

妄想キングの本領を全力で発揮し、今のを細かく想像してみる。どのパターンもファンタスティックで興奮に拍車がかかった。

仕事部屋の照明をムーディなものにしたら、舞台は完璧かもしれない。

現実問題としては、仕事に使うノートパソコンに内蔵されたカメラを機能させず、音声のみのやりとりとメールやチャットで充分に事足りるだろう。

どうしても必要な場合だけ彼にフレームアウトする体勢を取ってもらい、自分は上半身の衣服を整えて画面に映れば大丈夫だと結論づけた。

恋人を銜え込んでいる上、身体中を愛撫されまくるせいで、あげそうになる嬌声を嚙み殺すのもスリリングだった。

めくるめく快感の中でも、業務をきっちりこなさなくてはならないため、きっと集中力が養われる。

凛太郎のモチベーションも、仕事のパフォーマンスも上がるWｉｎ－Wｉｎな手法だ。リモートワークならではの淫らな秘め事に俄然、性感をそそられた。

「ぜひ、毎日……その方向…で！」

「ふざけただけだぞ。本気にするな」

「いや。実現、希望っ……んんあ」

鳴海をその気にさせたくて、自分から膝を立てて結合部をさらに見せつけた。前後左右に腰を振り動かし、体内の熱杭を締めつける。誘いに煽られたのか、突き上げが激しくなってきた。

ひときわ脆い部分をこすり上げられて、身悶える。

勢いあまって後ろに倒れかけた凛太郎の背中を、立てた両膝で彼が支えてくれた。

快楽が全身を駆け巡り、とろけそうな心地になる。また勃起している性器に大きな手が伸びてきて扱かれた。

「ぁん……ふ、んぅん…ああっ」

「いつもより感じてるみたいだな」

「あぅう、あ……悦いっ……蒼士……も、出し…て」

「まあ、そろそろいいか」

「ん…っはあ……かけ、て……んあぁあ……奥、にっ」

「わかってる」

ひとしずくたりとも残さず全部くれと視線で訴えると、腰骨を強く摑んで腰を打ちつけられる。

凛太郎が精を放って間もなく、深部を淫楔で抉られた。その直後、おびただしい熱い奔流が粘膜内をたたく。

なんとも言えない独特な感触に酔いしれた。

絶頂を迎えた凛太郎があえかな声をあげたあと、ゆっくりと頽(くずお)れる。

自分の中が恋人でいっぱいになっていくこの瞬間が、たまらなく幸せだった。

鳴海の胸に頬を寄せて、荒い呼吸に肩を弾ませる。自らの精液で濡れていようと、この幸福感に包まれていればかまわなかった。

背中を優しく撫でながら、彼が髪にキスして訊いてくる。

「気分は悪くないか？」

「うん。愛し合った証拠のけだるさはあるけど、まだ全然いける」

「もう二回目の催促か」

「蒼士に限っては、どれだけ食べても満腹にならない」

「たしかに、常に飢餓状態の求め方だな」

「いつ食べられなくなるかわからないから、毎回フードファイターばりの気持ちで挑んでるんだよ」

「なんとも頼もしいな」

「きみのこれもね……っんん」

早くも硬度を取り戻した熱塊のことを指摘すると、抜かないまま、いきなり体勢を入れ替えられた。

鳴海にのしかかられ、膝裏を持たれて両脚を開かされる。

さきほどとは違う角度で突かれて、別の快感が生じた。

「あっ、あっ…んぅん……あぁぁ…あ、あ…っ」

「これからは、俺も毎回アグレッシブになれる」

「っん……はぁ……うれしっ……あぁあ」

性感帯の中でも、飛び抜けて感じやすいところを攻め立てられる。同時に、耳朶や首筋、鎖骨のくぼみを舐め嚙られた。

強弱をつけた突きと攪拌という柔襞への猛攻がすさまじい。

感度が鋭くなりすぎてつらかった。鳴海の肩口を両手で摑んで押し返そうとしたが、びくともしない。逆に、手をつながれて顔の脇で固定されてしまった。

凛太郎の性器も、互いの腹筋でこすられて淫蜜を垂らしている。

突かれるたび、注ぎ込まれた精液があふれてきた。そこから聞こえてくる水音に、欲情をさらに煽られる。

強烈な快感にさらされつづけて、後ろだけで達した。

初めてではないけれど、激しすぎる快感に溺れる。

「ふぁ…あっあ……蒼、士……蒼士…あっ」

「ドライでいったか」

「気持ち、い…ぁん……あ、あ、あ…」

「すごいな。おまえの中が猛烈にうねってる」

「ど、しよ……また、いく…ぅん」

「いくらでも」

「っは、あ…ああ……あぁああ」

性器に直接は触れられていないのに、吐精していた。しかも、まだ射精感が止まらず、鳴海の腰に両脚を巻きつけてさらなる刺激をねだる。

つながれていた手をふりほどいた凛太郎が、彼の首にしがみついた。

「あ、ぅんふ……もっと……してほし…っん」

「じゃあ、俺の動きに合わせろ」

「んっああ……あっ、あ…ぅ」

恋人に言われたとおり、後孔の収斂を調節する。鳴海の好みに仕込まれた身体は、ときに持ち主よりも彼に従順だった。

突き下ろすように中を穿たれて、ひどく乱れる。

注入されている淫液が、すべてあふれてしまうほどの勢いだ。

濡れた声をあげていた唇に、鳴海の唇が触れた。瞬きするたびに色気フェロモンを振り撒く彼が不意に低く囁く。

「俺を選んでくれて、ありがとう」

「…蒼、士……?」

「おまえのそばにいられる俺は、本当に幸せだ」

「僕の……ほう、こそ…」

「誰よりも愛してる。二度と離れないし、離さない。おまえをひとりにしない」

「ん……うんっ……僕、も愛っ……んんう」

息もできないくらいのキスをされて、胸を喘がせた。

舌を絡めて唾液を交換するくちづけは大好きだが、濃厚すぎる。バイオレンスな抽挿も継続中な上、鳴海の甘い愛の言葉がとどめになった。

複数の苛烈な悦楽に理性が崩壊し、わけがわからなくなっていく。

「リン。……凛太郎」

「ああ…っは、んぁあああ」

キスの合間にもう一度、愛していると言われた。その直後、深奥をしたたかな腰つきで貫かれてのぼりつめた。

凛太郎とほぼ同時に、彼も精を吐いた。体内がしとどに濡れていく感触に身を震わせてうっとりする。

全身に広がる心地よい疲労感をじっくりと味わった。

ゆっくりと腰を送って淫液を注ぎ込んでくれた恋人と視線が合う。

微笑みかけて三回目を要求しようとしたら、声がひどくかすれていた。

いつもならこんなことはないが、首を絞められた影響かもしれない。気にするなと言う矢先、身体を離した鳴海が額にキスしてきた。

「今夜はもう寝ろ」

「平気だよ」

「俺はずっとそばにいるんだから、がっつかなくてもいい」

「そうだけど…」

不満もあらわに彼を見上げた。のども痛くないし、体力的にはなんの問題もないからなおさらだ。

とても紳士で理性的な恋人に眉をひそめて、軽く睨み上げた。

宥めるように凜太郎の唇を啄んだ鳴海が、苦笑まじりにつづける。

「おまえの身体が心配で、大事なんだ」

「三連休、やりっぱなしが楽しみだったのに」

「平日だって、仕事中にするんだろう？」

「してくれるんだ？」

「しないと恨まれそうだからな」

「約束だからね」

「言っておくが、毎日じゃないぞ」

「それは本気で残念だけど、週一回でも本望だよ」

夢のハイパーエロスプランが実現することになって、機嫌が上向きになる。

おもむろに鳴海の両肩を摑み、弾みをつけてベッドに押し倒した。そのまま胸元に乗り上げて、黒い双眼を覗き込んで告げる。

「このあとは、バスルームで僕を可愛がって」

「後始末がすんだら、おとなしく寝ろよ」

「挿入以外の行為なら、よくないかな？」

「声が出るからだめだ」

「よし。猿ぐつわをしよう。緊縛プレイな感じで萌えそうだし」

「超絶なポジティブ思考のおまえも魅力的だが、のどを酷使するんで却下」

「そ……んんっ」

不意に顔を引き寄せた彼に唇を塞がれ、とても幸せな気分で舌を受け入れる。

横抱きにされてバスルームに運ばれる間も、キスは濃厚さを増していった。

あとがき

こんにちは。もしくは、初めまして。牧山ともと申します。

このたびは『モンブランは世界を救う～美食家ＩＴコンサルと専属シェフ～』をお手に取っていただき、誠にありがとうございます。

今回のカップリングは、フレンチシェフ×ＩＴコンサルタントです。

受けが、これまで書いてきたキャラの中でも一番の食い道楽になりました。カロリー代謝が異様に高い恵まれた体質だと勝手に思っています（笑）。

ここからは、お世話になった皆様にお礼を申し上げます。

まずは、とても素敵で麗しいイラストを描いてくださいました高峰顕先生、ご多忙な中を本当にありがとうございました。

精悍でクールな鳴海と、上品で優美な凜太郎を華麗に描いてくださり、ラフの段階からすでに眼福でした。いつものことなのですが、脇キャラまで素晴らしくかっこよくて、彼らのストーリーをつい考えてしまいそうになります。

今回の脇キャライケメン度ナンバーワンは、執事の長谷川でした。

担当様にも、大変お世話になりました。編集部をはじめ関係者の方々、サイト管理等をしてくれている杏さんも、お世話になりました。

最後に、この本を手にしてくださった読者の皆様に、最上級の感謝を捧げます。まだまだ落ち着かない情勢が継続中ですが、拙著にてほんの少しでも楽しんでいただけましたら幸いです。

お手紙やメール、メッセージもありがとうございます。とても励みになります。

それでは、またお目にかかれる日を祈りつつ。

牧山とも　拝

二〇二一年　冬

牧山とも　オフィシャルサイト　http://makitomo.com/
Twitter　@MAKITOMO8

本作品は書き下ろしです